ベリーズ文庫

天才パイロットは契約妻を溺愛包囲して甘く満たす

宝月なごみ

STARTS
スターツ出版株式会社

目次

天才パイロットは契約妻を溺愛包囲して甘く満たす

天才パイロットは
契約妻を溺愛包囲して甘く満たす

プロローグ

「お客様！　お忘れ物が……！」

勤務先のバンクーバーに戻るため搭乗口を目指していた俺のもとに、ひとりの女性が駆け寄ってきた。

綺麗《きれい》にまとめられた艶のある黒髪。紺のスーツをまとい、首には淡い水色のスカーフを巻いている。おそらく、さっきまで利用していたラウンジのスタッフだろう。俺よりずいぶん若そうで、大きな丸い瞳が可憐な印象だ。

彼女は俺のそばで立ち止まると、「こちらです」と手にしていた名刺サイズのメモを差し出してきた。ハッとした俺は、マウンテンパーカーのポケットに思わず手をあてる。ラウンジのテーブルにうっかり忘れていたらしい。

「わざわざありがとうございます。よく捨てませんでしたね。見るからに汚いメモなのに」

しわくちゃでところどころ染みもあるそれは、正直、俺以外の人間にとってはゴミでしかないと思う。にもかかわらず、必死で追いかけてまで渡してくれた彼女の行動に、少し驚いたのだ。

「私の勘違いでしたら申し訳ないのですが、お客様の大切なものだろうと思ったんです。とても素敵な言葉が並んでいるので」

まっすぐに俺を見つめ、そう言った彼女。お世辞ではなく心からの言葉であろうことがなんとなく伝わってきて、心が温かくなった。

俺は毎日のように眺めているのですっかり暗記しているが、彼女に感化されて自然とメモに視線を落とした。

【嵐《あらし》へ】

一番上には、そう書いてある。その下に、筆跡の違うふたつのメッセージが並んでいた。

【Be strong.（強くなりなさい）】

【Look abroad.（世界に目を向けて）】

今は亡き、両親からのメッセージ。今回バンクーバーから日本へ帰国したのも、両親の七回忌を行うためだった。向こうへ戻ったらまた、広い空を飛び回る日々が始まる。両親に誇れる自分であるために、パイロットとしての技量を磨かなくては。

「ありがとう。おっしゃる通り、とても大切なものなので助かりました」

ラウンジスタッフに笑顔を向けると、彼女もまた微笑んでくれる。その笑顔にもやはり嘘はなくて、彼女は心から人と接することが好きなのだろうと想像する。なにげなく胸の名札に目をやると、【香椎《かしい》】と書いてあった。次にいつ帰国するかはわからないが、またここのラウンジを利用する時は、彼女に接客してもらいたいと思う。

「それじゃ、行ってきます」

「行ってらっしゃいませ。どうぞお気をつけて」

綺麗なお辞儀で俺を見送る彼女のもとを離れ、胸のポケットにメモをしまう。ささいなやり取りだったが、胸に一輪の花が咲いたようなくすぐったさを覚える。異性に必要以上の好意を抱かないようにしている俺にしては、珍しいことだった。

しかし、その気持ちにはすぐに蓋をして、彼女の笑顔を頭の中から追い出す。パイロットである以上、仕事には相応の危険を伴う。そのせいで大切な誰かを心配させたり悲しませたりするくらいなら、最初からそんな〝誰か〟なんていない方がいいのだ。

自分にそう言い聞かせると、いくぶん早足になって搭乗ゲートへと向かう。心にほころんだ花の名もその色も香りも、きちんと確かめないまま――。

結婚する気のないパイロット

手のひらに広げたヘアオイルを、ゆっくり毛先になじませていく。それから、温めたヘアアイロンで、鎖骨の下まである髪をまっすぐに伸ばす。最後に毛先だけくるんと内巻きに仕上げたら完成だ。

微《かす》かに首を振ると、髪につけたオイルがふわりと香り立つ。その優しいスズランの香りを嗅ぐだけで、いつもなら心が浮き立つはずなのに。

「はぁ……」

今日はお気に入りの香りをまとったくらいでは、どうにもならないほど憂鬱だ。

自宅マンションの洗面所で、朝から何度目かわからないため息をつく。

香椎紗弓《さゆみ》、二十七歳。羽田《はねだ》空港の第三ターミナルでラウンジスタッフとして働いているが、今日は休日だ。

これからある男性に会うことになっているのだが、どうにも気が進まない。

とはいえ逃げるわけにもいかないし、身支度も済んでしまった。

出かける前に、リビングにいる父にひと声かけなければ。

「お父さん、行ってくるね」

リビングのドアを開けて声をかけると、休日なのにきっちりと固めたグレイヘアの父がこちらを振り向く。一重の鋭い眼差《まなざ》しでジッと見られると、心臓が縮こまった。

私はお父さんの審査を受けるパイロットじゃあるまいし、そんな怖い顔をして見ないでほしいんだけど。

父は大手航空会社『ブルーバードエアライン』の機長であり、社内の査察操縦士としての資格も有する。査察操縦士とは国の運航審査官に代わり、乗務員たちの技能を審査するパイロットのこと。安全運航のためには欠かせない役職だ。

父に不合格を言い渡されたパイロットは乗務からはずされてしまうので、社内ではかなり恐れられているそう。

今日これから私が会う相手も、逆らえない上司である父からの頼みを断れなかっただけに違いない。年頃の娘の結婚相手になってくれないかなんて、公私混同の極みだもの。

前の恋人と別れて元気のなかった私を心配した父が、百パーセント善意でセッティングしてくれたのがわかっているから、断りきれなかったけれど……。

「ああ。露木《つゆき》くんに会ったら、時間をつくってくれた礼を言っておいてくれ。ただし、紗弓に手を出すのは婚約してからだ」

父の紹介でこれから会う相手――露木嵐さんは、カナダの航空会社から引き抜かれた逸材で、国内ライセンスへの書き換え試験も機長昇格訓練もなんなくパスした天才パイロットらしい。査察操縦士である父でさえ一目置いているのだから、その実力は本物なのだろう。

けれど、有能だからって人柄までいいとは限らない。父の顔を立てるために一応会いに行くけれど、実は露木さんに関する悪い噂をいくつも聞いているのだ。

「そんなことわざわざ言わなくたって、お父さんが怖くてできるわけないでしょ。それに、露木さんにだって選ぶ権利ってものがあるんだから」

「お前は容姿も中身も自慢の娘だ。彼も気に入らないはずがない」

「真顔で親バカ炸裂させるのやめてよね……。とにかく、行ってきます」

付き合いきれず、リビングを後にして玄関に向かう。パイロットの間では恐れられている父だが、昔から娘には甘いのだ。私が空港のラウンジスタッフとして働いているのも、実は父の親心がかなり反映されている。

幼い頃の私はＣＡ志望だった。娘から見てもカッコいいパイロットの父は自慢で、いつかお父さんと一緒に空を飛ぶのだと、無邪気に夢見ていた。

しかし、私が中学三年生の頃、航空機の乗客乗員全員が亡くなる不幸な事故が発生した。日本からカナダへ向かう直行便が、太平洋上に墜落したのである。海外の航空会社が運航する便だったが日本人の被害者もいて、ニュースは連日その被害の深刻さを報じていた。

事故原因は、与圧トラブル。そう言われても当時の私には意味がわからなかったけれど、父が説明してくれた。

旅客機が飛行する高度は標高の高い山と同じで気圧が低く、酸素濃度が薄い。それでも快適に過ごせるのは、与圧装置という機械で機内の気圧を調整しているからだ。しかし、その与圧装置に不具合が発生して急減圧が起き、酸素マスクをつけるのに遅れたパイロットたちがふたりとも失神。機体を制御できる人員は誰もいなくなり、墜落に至ったそうだ。

しかし、父によるとパイロットは急減圧に備え日頃から訓練を重ねているので、本来ならあり得ないミスだそう。だから必要以上に怖がらなくていいとは言っていたものの、父は私がCAを目指すことに難色を示すようになった。

航空業界への就職をあきらめる必要はないが、せめて地上職にしてくれと。

CAになりたい気持ちは本物だったから最初は反発していたものの、事故からちょうど一年が経った頃、事故の被害者を偲《しの》ぶ慰霊祭の様子がテレビで放映されていた。

太平洋上に船を浮かべ、海上に献花する遺族たち。そこに参加していた若い日本人男性が静かに涙を流す姿を見て、胸がちぎれそうになった。彼は事故で同時に両親を失ったのだと、ナレーションが説明していた。

もしも私の身になにかあって、父や母があんなふうに涙を流すことになったら……考えただけで耐えられない。

どうか、あの人の未来が明るいものでありますように。テレビ越しにそう願ってしまうくらい、印象的なシーンだった。

そうして私は父の気持ちをくみ、ＣＡではなく地上で働くスタッフを目指すことにした。一般の搭乗客にはよくも悪くもいろいろな人がいるため、ある程度社会的地位のある人々しか利用できないラウンジスタッフの道を勧めてきたのも父だ。

狭き門ではあるが、それはＣＡを目指す場合でも同じこと。短大で語学の勉強をしながら週末はホテルのフロントでアルバイトをして接客を学び、就職活動に臨んだ。

父のいるブルーバードエアラインの子会社から内定をもらえたのはまったくの偶然だったけれど、それでも、憧れの父と近い場所で仕事ができると決まり、素直にうれしかった。父の親バカに負けないくらい、私もファザコンなのかもしれない。

玄関を出ていく前に、シューズクロークの扉についた姿見で全身をチェックした。ベージュのAラインコートの中に、黒のニットとブラウンチェックのワイドパンツ。足もとは黒いショートブーツというシンプルなコーデだが、アクセントのつもりでバッグは淡い紫のミニショルダーにした。

いくら会いたくない人との予定でも、最低限の身だしなみは整えないとね……。

そんなことを考えていると玄関のドアが開き、買い物に出ていた母が帰宅した。

「あら、素敵よ~紗弓。露木さんとうまくいくといいわね」

私の格好を上から下まで眺め、のほほんとした笑みを浮かべる。

多忙な父を支えるために結婚当初から専業主婦をしている母は、世間知らずな面もあるけれどおおらかで、堅物な父とうまくバランスが取れている。

「うーん……会ってみないとわからないかな」

母に曖昧な笑みを返し、玄関を出る。しかし、内心では露木さんとうまくいきっこないと思っていた。

スマホで時間を確認すると、ふと一件のメッセージが目に入る。

差出人は、青桐昇《あおぎりのぼる》。二年半交際したが、半年前に別れた元恋人だ。彼は元パイロットで、露木さんに関する悪い噂というのも彼に聞いたものだった。

『露木の野郎、香椎さんに気に入られようとしてるのが見え見えなんだよ。そのくせ、俺たちのことは下に見てバカにしてる』

まだ付き合いたての頃、自分より先に露木さんが機長昇格訓練に入ったことが気に食わなかったらしく、昇さんは頻繁に彼の悪口を言っていた。多少、嫉妬や羨望が混じっていたにしても、露木さんが傲慢で性格の悪いパイロットだという印象を植えつけられるのには十分だった。

『いくら露木さんにバカにされたって、昇さんも大変な訓練を乗り越えて副操縦士になったんだから、自信を持って。いつか、露木さんを超えるパイロットになればいいんですから』

愚痴を聞いて励ますくらいしかできなかったけれど、昇さんには前を向いていてほしかった。その反面、会えば露木さんの話ばかりする彼に少なからずうんざりしていたのも確かだ。

そして、半年前。露木さんが機長の資格を得ると同時に、昇さんはとうとう腐ってしまった。

『露木が俺を蹴落としたんだ。アイツのせいで、俺の人生はめちゃくちゃだ……』

お酒に酔った昇さんから、そんな内容の電話がかかってくることが増えた。

話を聞いてあげたかったけれど自分の仕事もあるし、彼のネガティブな感情に自分まで影響されてしまうのが怖くて、自然と会う頻度や連絡が減った。

そうしてなにもできないでいたら、昇さんは乗務前のアルコールチェックに引っかかり、乗務停止になってしまった。

私はパイロットの父を持つだけでなく、自分も空港ラウンジで働いている身。お客さんに安全で快適な旅を提供したい気持ちはクルーと一緒なので、その行動だけはどうしても許せなかった。

『お酒はもうやめましょう』と説得したくて彼の自宅に出向いたら、偶然浮気現場を目撃。当時の私たちの関係は決して良好だったとは言えないが、ショックだった。

その上、どうして裏切ったのかと彼を問いつめたら『紗弓が俺を放っておくからだ』と、まるで私が悪者かのように責められた。

それで彼に不信感が募り、私から別れを切り出した。

昇さんも同意してくれたが、直後にブルーバードエアラインを退職したため、今どこでなにをしているのかは知らない。

それからしばらく連絡はなかったのに、ここ数日、なぜか頻繁にメッセージがくる。

会おうとかヨリを戻したいとか、そういう内容でもないので無下にもできず、あたりさわりのない返事をしているけれど……。

【今日はいい天気だな。こんな日はもう一度空を飛びたくて、折れた翼が疼《うず》くよ】

……また一段と、返信に困る文面だ。これに、どう返事をしろというのだろう。

無視するのは気が引けるが、今は露木さんとの約束の時間が迫っているし後でゆっくり考えよう。

いったんスマホはバッグにしまって、マンションのエントランスに下りるためエレベーターに乗った。

我が家のマンションがあるのは、羽田空港にアクセスのよい品川《しながわ》からふた駅の、近くに公園や小学校のある住宅地エリア。一方露木さんは同じ品川区でも湾岸に住んでいるらしいので、間を取って品川駅近くのホテルで食事をする約束になっている。

マンションを出ると、きんと冷えた冬の空気に身をすくめる。まだ十二月になったばかりだが、今年の冬は寒さが厳しいようだ。

最寄り駅から電車に乗り品川に着いて、ホテルまで歩く。目的の中国料理レストランは一階にあり、約束の十分前に到着した。

予約してくれているのは露木さんなので、入口のスタッフに彼の名を告げる。

通された個室には立派な鳳凰《ほうおう》の絵画が飾ってあり、四角い渦巻き模様が施された椅子や格子窓、真っ赤な雲柄の絨毯が異国情緒たっぷりだ。

コートをハンガーにかけてもらい、席に着く。なにげなくインテリアを眺めていると、テーブルに置いたスマホが短く震えた。

また昇さんからのメッセージだ。

【後悔先に立たずって言葉、今実感してる。自分で破り捨てたアルバムのページをいつまでも捜してるみたいだ】

破り捨てたアルバム……パイロットを辞めた過去を悔やんでいるのだろうか。

だったら今からでもやり直しはきく。過去のアルコール検査の結果は消せないけれど、過ちを認めてやり直す気さえあれば、どこか別の航空会社できっとまた……。

返信しようと指を動かしていたところで、個室のドアがノックされる。

「お連れ様がご到着されました」というスタッフの声の後、露木さんと思しき男性がやって来た。慌ててスマホを置き、椅子から腰を上げる。

チャコールグレーのチェスターコートにシンプルな白の丸首セーター、細身の黒いテーパードパンツ。一見上品にまとめているように見えるが、足もとはごつめの編み上げショートブーツで崩しているのが、とてもおしゃれだ。

正面にゆったりと歩み寄ってきた彼を見る。一八〇センチはゆうにあるだろうという長身で、ナチュラルだが清潔感のあるセンターパートの前髪から、凛々しい眉と力強い二重の目が覗《のぞ》いている。尖《とが》った顎や鼻の形などしっかりとした骨格も男性らしく精悍で、思わずまじまじと見とれてしまう。そのうち、彼の引きしまった唇がふっと緩んで弧を描いた。

「お待たせしてすみません、露木です」

やわらかく目を細めた笑顔は、温かい印象だ。

なんとなく想像していた人物と違うので、調子が狂う。

「と、とんでもないです。私もつい先ほど到着したところで……あっ、香椎紗弓と申します。はじめまして」

「はじめまして……か」

露木さんが軽く私から視線を逸らし、つぶやく。

「えっ？」

「いや、なんでも。座ってください。料理は頼んでおきましたから」

「すみません、ありがとうございます」

表情が曇ったように見えたのは気のせいか。

言われるがままに腰を下ろすと、露木さんもコートを脱いで私の正面に座った。

「中華アフタヌーンティーってあまり聞かないので、興味本位で選んでしまいましたが、お嫌いじゃなかったですか？」

露木さんは物珍しそうに部屋のインテリアを眺めているが、きっと慣れていないように装っているだけ。昇さんから、露木さんは女たらしだという話を聞いている。

女性に人気のお店はよく知っているに違いない。

それでいて父の前では女性にだらしない面を隠していたらしいから、外面を取り繕うのもお手の物なのだろう。騙《だま》されないようにしなくちゃ。

「はい。ＳＮＳでも話題ですし、とても気になっていたので楽しみです」

警戒心を張り巡らせながらも、とりあえずは友好的に微笑んでみる。

「それはよかった。実は僕、甘いものが好きで。紗弓さんは？」

名前の呼び方も、ごく自然でさりげない。私も甘党だけれど、食いつきたい気持ちをぐっとこらえる。

「それなりですかね。昔から『道重堂《みちしげどう》』の和菓子は好きですけど」

「ああ、道重堂なら僕のいたカナダでも人気でした。紗弓さんのいらっしゃる第三ターミナルにも、たしか店舗がありましたよね」

「ええ、そうなんです。疲れた日なんかはつい店に寄って季節の生菓子を……」

ぺらぺらとしゃべっている途中でハッとする。大好きな道重堂の話だったから、つい乗せられてしまった……。

そこでちょうどドアが開き、スタッフが中国茶のセットと食事を運んでくる。

中国風の木製飾り棚に色とりどりのスイーツや春巻きが並び、竹材の蒸籠《せいろう》の中では中華まんじゅうや小籠包《しょうろんぽう》がほかほかに蒸されている。

おいしそう……。声に出さずに思いながら、露木さんとの会話に戻る。

「私の職場のことは父からお聞きになったんですか？」

「……ええ。ラウンジでレセプションをされていると。社内では鬼と呼ばれる香椎さんでも、紗弓さんの話をする時だけは目もとが緩みます」

ほんの少し悩んだような間があった。気のせいかと思うくらいの一瞬だったけれど。

「お恥ずかしいです……。どうも、私に対して過保護すぎるところがあって」

苦笑して、ガラスの器に入ったお茶に口をつける。

スタッフの説明によると、烏龍茶の中でも香りのよい黄金桂《おうごんけい》という品種だとか。

ひと口飲んだだけで、爽やかな香りが鼻に抜けていく。

「なるほど。その過保護の延長で、結婚相手までお父さんが決めようとしているわけですね」

露木さんが、おかしそうにクスクス笑う。父に気に入られようと媚《こび》を売るタイプだと思っていただけに、調子が狂う。そういえば、さっき父を〝鬼〟と表現していたのも意外だった。

会話を盛り上げようとしているだけかな。

「そうなんです。まったく、自分の相手くらい自分で選ぶって言ってるのに。……なんて、せっかく会ってくださっている露木さんの前ですみません」

「どうぞお気になさらず。というか、おあいこです」

「おあいこ……？」

「ええ。僕も、結婚するつもりはないのに、香椎さんの頼みを断れずにここへ来てしまった身なんです。紗弓さんに失礼だとわかっていながら、すみません」

深々と頭を下げる露木さん。そんなこと、たとえ真実でも最後まで隠し通せばいいのに……正直な人、なのだろうか。意外すぎる展開に目をぱちくりさせる。

「頭を上げてください。失礼だなんて思っていませんし、むしろホッとしました」

「ホッとした？」

「ええ。私こそ失礼なのですが、もしかしたら出世のために利用されるのかも、なんて……。父が特殊な立場なので、そんなふうにも勘ぐってしまって」

査察操縦士の娘である私を娶《めと》れば、自分の評価につながる。短絡的な考えだけれど、そう考えるパイロットがいてもおかしくないと思ったのだ。昇さんから聞いていたように、露木さんが父にゴマをするタイプならなおさら。

「それなら安心してください。香椎さんは誰より公私の区別をハッキリしている人です。たぶん、僕が紗弓さんの夫になったとしても、ふがいないオペレーションをしたら即不合格を言い渡しますよ。そんな人だからこそ、尊敬も信頼もしています」

私の目をまっすぐに見つめて、露木さんが語る。

傲慢で、女たらしで、性格の悪いパイロットであるはずなのに……実際に会った露木さんは気さくで話しやすく、パイロットの仕事に自信と誇りを持っている。

これが本当の姿とは限らないが、今目の前にいる彼は、昇さんの評価とは真逆の誠実な人に見える。それにどんな表情も素敵で、笑顔を向けられるだけでついドキッとしてしまう。といっても恋とかそういうのじゃなく、彼の容姿が整いすぎているせいだと思うけれど……。

「父のこと、そんなふうに言ってくださってありがとうございます。パイロットの皆さんからは嫌われているのだとばかり思っていました」

「とんでもない。香椎さんの審査が厳しいのは、乗客たちの安全を確保し、確実に目的地まで送り届けるためです。人の命がかかっていますから手を抜けなくて当然です」

まったく同じことを考えていたので、つい深くうなずいた。

露木さんの言うことはもっともだ。だからパイロットになるのは難しいし、なってからも努力を必要とされる。何百人もの命を守り続けるために。

……お酒に溺れてしまった昇さんには、その気持ちが欠けていた。

「堅苦しい話ばかりになってしまいましたね。せっかくおいしい料理が並んでいますから食べましょう」

少し暗い気持ちになっていたところで、露木さんが優しく促してくれる。

「そうですね」

テーブルに並んだ料理を眺め、私は笑顔でうなずいた。

気を取り直し、料理を取り皿に移す。からっと揚がった春巻きや、中身が透けて見えるほど薄皮の蒸し餃子、れんげにちょこんと盛られたエビのチリソース。

どれも色とりどりで、目移りしてしまう。

迷った末、熱々のうちに小籠包を食べようと決めた。中身が詰まってふっくらとしたひとつを箸で取り、れんげにのせてから口に入れる。

「はふ、熱っ……でも、おいしい」

わかっていたけれど、舌が火傷しそうなくらい熱い。けれどそれに耐えた後は、中から染み出す濃厚なスープの味にやみつきになる。

「おいしそうに食べるな。じゃあ僕も」

露木さんも同じように小籠包を箸で取り、れんげにのせる。先に箸で皮を破って上品にスープをすすった後、ひと思いに口に入れる。やっぱり熱かったのか、ほんの少しだけ顔をしかめた。

「ホントに熱い……けどうまい」

「ふふっ、ですよね」

露木さんは想像していたような嫌みな人ではなく、結婚願望もない。それがわかって肩の力が抜けたからか、憂鬱だったはずの食事会を私はごく自然に楽しんでいた。

私も昇さんの件があってから恋愛するのは億劫だし、今日の相手が彼でちょうどよかったのかもしれない。

父にはなにか適当な理由をつけて、露木さんとはうまくいかなかったと伝えよう。

「それじゃ、ここで。本当に家まで送らなくて大丈夫？」

「はい。父に鉢合わせしたら露木さんも気まずいでしょうし。でも今日は楽しかったです。ありがとうございました」

ホテルを出たところで、彼に改めてお礼を告げる。料理はどれもおいしかったし、露木さんが聞かせてくれる仕事の話も興味深く、とても充実した時間を過ごすことができた。

「お礼を言うのはこっちです。紗弓さん、もしよかったらまた――」

露木さんが真剣な顔でなにかを言いかけたその時、私のバッグの中でスマホの着信音が鳴った。

「すみません、電話が……」

「もしかして香椎さん？　そろそろ終わる頃だろうと心配してかけてきたとか」

「さすがに父もそこまで過保護じゃないと思います」

笑いながらスマホを確認した瞬間、ドクッと脈が跳ねる。

【着信　青桐昇】

先ほどまでメッセージを送ってきていた昇さんからの電話だ。

私がメッセージに返信しないから？　それともなにか別の急用……？

「……もしもし」

少し緊張しながら、スマホを耳にあてた。

『紗弓。どうして露木なんかと一緒にいる？』

「えっ？」

『一緒にホテルから出てきたのを見た。まさか、付き合ってるのか？』

とがめるような口調に、心臓がキュッと縮む。いきなり電話してきたかと思えば、なにを言うのだろう。それに、〝見た〟ってどこから……？

思わず周囲を見回すと、露木さんが怪訝そうな顔になる。私は彼に余計な心配をかけないよう、小さく頭を下げてから離れた場所に移動した。

「ちょっと待ってください。昇さん、今どちらに？」

『どこだっていいだろう。それより、露木となにをしていた』

全然よくない。今もどこかから彼が見張っているのではと思えて、微かな恐怖を覚える。

「食事をしただけです」

『食事……。わかった、どうせ香椎さんに紹介されたとかそんなところだろう。あの人、俺とは無理やり別れさせたくせに、露木には喜んで娘を紹介するってか。俺と別れたのも、どうせ父親からの命令なんだろ』

露木さんとの関係を疑ったかと思えば、今度は別れた時の話を持ち出されてわけがわからなくなる。昇さんと別れたのは私の意思で、父はなにも関わっていないのに。

「昇さん、なにを言っているんですか？」

『おかしいと思ったんだ。あんなに俺のこと好きだった紗弓が急に別れるなんて言うから。でも、そういうことなら今度迎えに行く。露木なんかに騙されちゃダメだぞ』

そういうことって、どういうこと？　迎えに行くって、私を？

一方的に話を進める昇さんが不気味で、寒気を覚えた二の腕をさする。

「あの、昇さん？　私たちの関係はもう終わっ――」

『親の反対で別れるなんて、ロミオとジュリエットみたいだよな。でも安心して。絶対に紗弓を悲しませる結末にはしないから』

聞く耳を持たない彼に、とうとう肌が粟立つ。あまりの恐怖で言葉を失っているうちに、通話は切れていた。

「なんなの……」

耳から離したスマホを眺め、ぼうぜんとする。

けれどすぐにハッとして、昇さんからの連絡は電話もメッセージも拒否する設定に変える。操作している途中で、露木さんが静かに歩み寄ってきた。

「紗弓さん、大丈夫ですか？　遠くからでも顔色が悪いのがわかって、心配で」

「露木さん……」

彼の顔を見て、張りつめていた気持ちが少しだけ緩む。しかし、私と昇さんのゴタゴタに彼まで巻き込むわけにはいかない。

「ご心配おかけしてすみません。さっきの電話、前に付き合っていた人からで……あまり綺麗な別れ方じゃなかったので戸惑っただけなんです。彼からの電話は着信拒否に設定しましたし、もう大丈夫です」

スマホを見せつつ、明るく笑ってみせる。露木さんはしばらく伏し目がちになにか考えていたけれど、やがて目線を上げて私を見た。

「僕にできることはありませんか？」

「えっ……？」

「紗弓さんが困っているなら助けになりたいんです」

真摯な色を浮かべた彼の眼差しに、心が揺れる。今日が初対面の私に、そこまで言ってくれるなんて……。露木さんって、本当に優しい人なんだな。

でも、いい人だからこそこれ以上迷惑をかけたくない。正直なところ、彼を素敵だなと思う自分もいるけれど……彼には結婚願望がないし、私もそこまで恋愛には積極的になれないし、ここできっぱりお別れするのが、お互いにとってきっといいのだ。

「ありがとうございます。お気持ちとってもうれしいです。でも、私たちはこれからもう会うこともないですし、そんなにお気になさらないでください。いざという時は、鬼の査察操縦士に泣きついてなんとかしてもらいます」

あまり深刻に考えてほしくないので、冗談めかしてそう言った。

露木さんは一瞬苦しげに眉根を寄せたが、すぐに穏やかな表情に戻ってうなずいた。

「香椎さんがついているなら、安心ですね」

「はい。ですから、私たちのことはこの場限りということで……」

「わかりました。引き留めてしまってすみません」

なんとなく気まずい空気の中、今度こそ露木さんと別れて帰路につく。

しばらく歩いたところでふと彼の方を振り返ったら、彼もまた同じようにこちらを見ていて、視線が合う。微かに微笑んだ露木さんにドキッとしてしまい、ぺこりと頭を下げると慌てて進行方向に向き直った。

露木さんに惹かれたってしょうがないのに。

自分を窘《たしな》めるように胸の内でつぶやく。

それより昇さん……頭を冷やしてくれるだろうか。

着信拒否したから連絡はこないけれど、そのせいで彼を変なふうに焚きつけてしまったとしたら、今度はなにをしてくるだろう。

自宅の場所も知られているし、職場も彼と付き合っていた頃から変わっていない。最悪の展開が頭をよぎり、ブンブンと頭を振る。昇さんだって、もとは立派なパイロットだったのだ。やっていいことと悪いことの区別くらいつくはずだ。

早く目を覚ましてくれればいいけど……。

まっすぐ家に帰ると、母がリビングでテレビを見ながら絹さやの筋を取っていた。

「あらっ。ずいぶん早いじゃない。お食事の後デートしてくるかと思ったのに」

「してこないよ。露木さんはいい人だったけど、お互い今は仕事を大事にしたいってところで価値観が一致したから、会うのはこれっきり」

意外そうな顔をされたのでそう言って、キッチンで手を洗う。それから母を手伝おうと隣に腰を下ろし、ざるに入った絹さやを手に取った。

「ねえ、お父さんは？」

「仕事の呼び出し。そのままフライトだからしばらく帰らないって」

「そっか……。じゃ、露木さんの件の報告は帰ってきてからだね」

本当は昇さんのことも相談したかったが、仕事で忙しい父にわざわざ連絡してまで伝えるべきことではない。

それに、母の顔を見たら少し心が落ち着いていた。

「お父さん、絹さや食べられなくて残念だね。今日はなにに入れるつもり？」

「じゃがいもと一緒にお味噌汁に入れるのよ」

絹さやは父の好物である。とくに汁物に入っているのが好きで、ひと口すっただけで、父の苦み走った顔がホッと緩む。その横でしたり顔をする母とセットで見ると、なおさら心が和む我が家の定番風景だ。

「また作ってあげればいいわ。いつでもお父さんの好きなものを用意できるように、専業主婦やってるようなもんなんだから」

なんて献身的な考えだろうか。今どきの感覚では珍しい。

「美しい夫婦愛だこと」

「そんな高尚なものじゃないわよ。私にはパイロットの仕事なんてほんの少ししかわからないけど、過酷だってのは、お父さんの眉間に刻まれた深〜いしわでわかる。あの人、若い頃からああなの。でも、好きなものを食べる時だけはそのしわが薄くなるからね」

「……そんな怖い顔の人とよく結婚したね」

「お母さんもそう思う」

母と目を見合わせ、ふたりで「あははっ」と笑う。

今頃父はくしゃみをしているかもしれないが、愛されている証拠だ。

でも、最も身近にこんな素敵な夫婦がいるのに、娘の私は恋愛下手。自分から誰かを好きになった経験が、実は一度もない。

昇さんと付き合い始めたきっかけも、彼からのアプローチ。

彼が言うには、空港ラウンジでたまたま私が彼を接客した時に、ビビッと運命的なものを感じたらしい。

クリスマスイブに第三ターミナルの展望デッキに呼び出されて、ロマンチックな内容のラブレターを受け取った。男の人に手紙をもらうなんて初めてだったし、好意を持ってもらえるのも単純にうれしかった。

それに、尊敬する父と同じパイロットである彼とならいい関係が築けそうな気がして、彼との交際を決めたのだった。

恋人らしく甘い関係だった時期は、昇さんのことを本気で好きになれたと思っていた。けれど幸せは長くは続かず、会えば露木さんの悪口ばかり話す昇さんと離れることを選んだ。

仕事のことで苦しんでいた彼をもっとちゃんと理解して、母のようにおおらかでいられたらよかったのかな。私にもきっと非があったのに、連絡を拒否するのはひどい仕打ち？

でも、メッセージの内容も電話口で一方的に話す彼も、怖かったんだもの。もし昇さんがやり直したいと思っていても、私の気持ちはもう、彼に対して熱くなることはないだろう。

母に聞こえないようにため息をつくと、絹さやの筋を取る作業に集中した。

元恋人の来訪

　翌日の月曜日は出勤だった。私の職場は、羽田空港の中でも、国際線が離発着する第三ターミナルの四階と五階で営業している『青《あお》い鳥《とり》プレミアムラウンジ』。仕事はシフト制なので、日曜日が休日だったのは偶然だ。

　ラウンジの中にはレストランやバー、ビジネスエリアやシャワールームがあり、出国審査を終えてから搭乗するまでの時間を好きなように過ごすことができる。利用できるのはファーストクラスの乗客と、マイレージ上級会員のみ。

　グレー系のインテリアでまとめられた内装はシックで、窓辺からは間近で駐機スポットの様子が見渡せる。

　そんなラウンジの中でも私が担当しているのは、四階のレセプション。それぞれのエリア担当者と連携しながら、お客様の出迎えと席への案内、見送りを行う。

　制服は白いカットソーに紺のシンプルなスーツ、ブルーバードエアラインのイメージカラーである空色のスカーフを巻けば完成。おくれ毛が出ないようきっちりと髪をお団子にするのも最初は下手だったけれど、ラウンジスタッフ七年目となった今ではお手の物だ。

「ご利用ありがとうございました。お気をつけて行ってらっしゃいませ」

「こちらこそ、いつもありがとう」

飛行機の時間が迫りラウンジを出ていく、日本人のお客様に頭を下げる。

ここをよく利用してくれる男性で芸能人のように容姿が整っているので、スタッフの間ではひそかに有名人だ。

「あぁ……どうして結婚しちゃったんだろう、城後《じょうご》さん」

ラウンジから遠ざかっていく男性の背中を見つめてため息交じりにつぶやいたのは、同期の矢坂夏希《やさかなつき》。スッキリ耳にかけたショートボブと吊り気味の猫目がクールな印象の美人だ。夏希は結婚願望が強いのだが、理想が高すぎるために彼女のお眼鏡にかなう男性がなかなか現れない。

空港で出会えるハイスペックな男性といえばパイロットがいるが、子会社のラウンジ勤務である私たちとはあまり接点がなく、ターミナル内でたまにすれ違うくらいだ。

プライベートでラウンジを利用するパイロットもいるものの、その時は制服姿ではないので、夏希いわくあまり惹かれないらしい。

しかし、今ラウンジから帰っていった城後さんは、背が高くイケメン。このラウンジの常連ということは、社会的地位も高い。総合的に見てもかなり夏希の好みだったらしいが、勇気を出して声をかけてみようかと悩んでいるうちに、その左手薬指に結婚指輪が輝くようになってしまった。

「いつだったか、奥様とお子さんを連れてるの見たよ。まだ一歳くらいのかわいい男の子」

仕事中なので声を潜め、夏希にささやきかける。

城後さんは外見が素敵なだけでなく、先ほどのようにいつも『ありがとう』と声をかけてくれる優しい方。家族をエスコートする姿もとてもスマートだったのを覚えている。ラウンジにはキッズスペースもあり、ビジネス目的の利用客とは分離されているので、子連れでも心置きなくくつろぐことができるのだ。

「はぁ……いい人にはすでに相手がいるんだよね。そういえば紗弓はどうだったの？　昨日、お父さんから紹介されたパイロットと会ったんでしょ？」

「会ったけど、どうにもならないよ」

露木さんと過ごしたアフタヌーンティーの時間を思い返し、苦笑する。

彼は想像していたよりずっと素敵な人だったけれど、家族をつくる気がないと断言していたし、もう二度と会うことはないだろう。

「紗弓、パイロットとは一度失敗してるしね」

夏希がため息交じりに言う。

職場恋愛でなおかつ相手がパイロットとなるといろいろ騒ぎ立てられたりもするため、昇さんとの交際は基本的に秘密にしていたが、親しい夏希にだけは明かしていた。

「そうそう。精神をすり減らす過酷な仕事をしている人と付き合うのはこっちも大変だし、もういいかな」

昇さんを支えきれなかった経験から、私ではパイロットのパートナーとして力不足だと感じている。母のように器の大きな人間でもないし、たとえ露木さんとお付き合いしたとしても、また失敗してしまうに違いない。

「あーあ、私たちの王子様はどこにいるのやら……」

「さぁね。ほら、お客さん来たよ」

レセプションカウンターにお客様がやって来たため、雑談を終わりにする。外国人男性だったので英語で挨拶し、パスポートと航空券を見せてもらう。それに加えてブルーバードエアラインのステイタスカードか、スマホのデジタルカードの提示を求めて利用条件を満たしていることが確認できたら、ようやくラウンジ内へ案内する。

「This way please.（こちらへどうぞ）」

問題なく手続きが済むと、夏希が案内役になってくれた。

次のお客様も来店したため、顔を上げて「いらっしゃいませ」と笑顔をつくる。けれど次の瞬間、背筋にサッと冷たいものが走った。

「紗弓。久しぶり」

「昇……さん？」

カウンターの前で微笑んでいるのは、黒のモッズコートにトレーナー、ジーンズというラフないでたちの元恋人、青桐昇さんだった。

細身の体形、少しミステリアスな奥二重の目、乗務の時はうしろに流す前髪をナチュラルに下ろしている休日の髪形。彼の姿は付き合っていた時と変わりないのに、今すぐ逃げ出したいような衝動に駆られる。

いや、落ち着きなさい、紗弓。ここは出国審査を済ませた人しか入れないゾーン。昇さんもこれから海外旅行かなにかで、ただラウンジを利用したいだけ。

この場所を訪れる理由なんて、それ以外にあるはずがない。

「お久しぶりです。ラウンジをご利用でしたら、チケットとパスポート、カードを確認させていただきます」

恐怖を押し隠し、ほかのお客さんへの態度と同じように接してみる。昇さんはコートのポケットからチケットやパスポートの一式を出して、カウンターに置いた。チケットの行き先は、韓国のソウルとなっている。

よかった……。やっぱり、ラウンジを利用したいだけだったみたい。

顔には出さずに胸をなで下ろし、両手をカウンターに伸ばした瞬間だった。チケット類を掴《つか》もうとした私の手に、彼が自分の手を重ねた。

驚いて目を合わせると、昇さんが不気味に微笑む。

「連絡が取れないから、会いに来たんだ」

穏やかな声だが、一瞬にして恐怖が舞い戻る。誰かに助けを求めたくても、喉がキュッと締まってしまい声も出せない。

夏希……早く戻ってきて。

「昇さん、離してください……」

「わかってる。また香椎さんの指示だろ？　俺と連絡を取っているのがバレて、ブロックせざるを得なかった」

昇さんは私の言葉を無視して、ひとりで話しだす。

「ち、違います……私」

「紗弓、少し痩せたんじゃないか？　俺のせいだな、ごめん」

昇さんが空いている方の手で、そっと私の頬に触れた。不快感で、小刻みに体が震える。

会話が成立しない……。それに、私は痩せるどころか少し太ったはずだ。

昇さんと付き合っていた頃の方が、彼に嫌われまいと小食に見せたり、美容に気を使ったりしていたから。きっと今の彼は、自分の見たい世界だけを見て、言いたいセリフだけを吐いているのだ。……とにかく、普通の状態じゃない。

「あの、お願いですから手を……」

「ダメだ。もう、紗弓のことは離さないと決めた」

レセプションカウンターの陰には、犯罪などのトラブルに遭った際に使う緊急通報ボタンがある。しかし、昇さんに手を掴まれたままでは操作できない。

やはり、夏希かほかの誰かがここへ来てくれるのを待つしか……。

抵抗を試みては失敗し、ただ睨み合う時間が数分続いていたその時。

「──そこでなにをしているんですか」

パニックになりかけていた私の耳に、聞き覚えのある男性の声が飛び込んでくる。

昇さんは一瞬イラついたような顔を見せたが、スッと手を離す。私は解放された手を胸に抱き、声の主を見た。

数メートル先から訝《いぶか》しげにこちらを見ているのは、制服姿のパイロットだ。

……つい昨日、会ったばかりの。

「なんで露木がここに？」

紺色の制服に紺のネクタイ、袖には機長の証である金色の四本ライン。私服の時よりも精悍さが増したように感じる露木さんが、厳しい表情でこちらに歩み寄ってくる。

「紗弓さん、大丈夫ですか？」

「は、はい」

露木さんはまず私を案じる言葉をかけ、それから昇さんにまっすぐ向き合う。彼の方が十センチほど背が高いので、昇さんは気圧《けお》されたように一歩うしろに下がった。

「青桐、なにをしにここへ？」

「なにって……ラウンジを使いたいに決まってるだろ」

たしか、ふたりは同い年の三十二歳。露木さんは中途入社なので、会社の勤続年数でいえば昇さんが先輩。しかし露木さんは機長、昇さんは副操縦士だったので、立場的には露木さんの方が上だ。

そういった上下関係のねじれも、昇さんのプライドを傷つける一因だったのかもしれない。

「それだけなら、彼女の手を握る必要はない」

淡々と話す露木さんに、昇さんがハッと息を漏らして笑う。

「お前、空気読めよな。俺と紗弓は元恋人同士。仕事人間の露木にはわからないだろうが、男と女の会話をしていたんだ」

「……あれはきみだったのか」

露木さんがボソッとつぶやいた直後、こちらに手を伸ばした昇さんに、肩を抱かれそうになる。しかし、その手が私に触れるより先に、露木さんがぐっと昇さんの手首を掴んだ。

「痛《い》って……！　なにすんだよ」

それほど強く掴まれてはいないと思うが、昇さんが派手に声を荒らげる。しかし露木さんは少しも臆さず、鋭い眼差しで昇さんを見すえた。

「男女のことに疎いのは青桐の方じゃないのか？　今の紗弓さんは俺の婚約者だ。気安く触れないでもらいたい」

「はっ？　婚約だと……？　どうせハッタリだろ？　なぁ紗弓」

突然話を振られ、戸惑いながらも昇さんと露木さんを交互に見る。

昇さんの言うように、婚約だなんて事実はない。だけど、露木さんが私を助けるためにわざと嘘をついてくれたことくらいはわかる。目が合った露木さんは頼もしい目をしていて、私は〝信じます〟と伝えるように、小さくうなずいた。

「ハッタリなんかじゃありません。露木さんと結婚するんです、私」

「嘘をつけ。昨日は食事しただけと言っていただろ」

カウンターに身を乗り出し、昇さんが私に詰め寄る。

しかし、露木さんが即座に彼の肩を掴み、カウンターから引き剥《は》がした。

「わからないのか？　彼女が本当のことを言わなかったのは、青桐のためだ」

「は？　俺のため……？」

「そうだ。きみがまたつまらない嫉妬で、自分の身を滅ぼさないように」

怒りか羞恥か、それとも両方か。昇さんの顔が、かぁっと赤く染まる。

かつて激しい嫉妬を覚えた相手に面と向かって煽《あお》られたのだ。頭に血が上っても仕方がない。露木さんが殴られやしないかと思わず心配になる。

「思い上がるのもいい加減にしろよ……。誰でも入れる海外の安いフライトスクールしか通えなかった、三流パイロットが」

三流パイロット――昇さんとの交際中も、何度も聞いたセリフだった。

倍率の高い国内エアラインの自社養成パイロットコースに新卒で入った昇さんから

すると、海外留学でライセンスを得た露木さんのようなパイロットは邪道らしいのだ。

「自分が一流とは思っていないが、パイロットの能力は学歴では測れないし、現場を離れた人間にとやかく言われる筋合いもない。とにかく帰ってくれ。彼女の仕事の邪魔だ」

露木さんにそう言われて、ハッとする。カウンターの周囲には何事かとこちらを見つめるお客さんが数人と、いつの間に戻ってきたのか、ラウンジへ続く通路から夏希も不安げにこちらを見ていた。

昇さんも分が悪いと思ったのか、小さく舌打ちをすると、カウンターに出しっぱなしにしていたチケットやパスポートを引っ掴んで出ていった。

慌てて戻ってきた夏希が、受付前で戸惑っていたお客さんたちを接客してくれる。

「お騒がせして申し訳ございません」

上質なサービスを提供しなければならないラウンジで、スタッフがプライベートなトラブルを起こしてお客さんを不安にさせるなんて。

これで青い鳥プレミアムラウンジの評価が下がったとしたら、私のせいだ……。

夏希の横で深く頭を下げると、鼻の奥がツンとする。しかし、ここで泣いたらプロではない。これ以上、サービスの質を落とすなんてこともしたくない。

ぐっと歯を食いしばって顔を上げると、カウンターにやって来たお客さんに笑顔を向けた。

受付手続きの途中、黙ってラウンジから出ていこうとする露木さんの姿が目に入る。呼び止めたい気持ちはあったものの接客を中断することもできず、そのまま見送ることしかできなかった。

しばらくしてお客さんの波が引いた隙に、夏希に事情を説明した。

「そのソウル行きチケット、行く気もないのにわざわざ取ったのかな、こわ～」

昇さんの異常な行動に、夏希が派手に身震いする。

たしかにあの時の昇さんは、もともとソウルに行く用があり、そのついでにラウンジに寄った……という感じではなかった。

あの後、彼はどうしたのだろう。出国審査を済ませた後で搭乗取りやめとなると、各所に大変な手間と迷惑をかける。特別な事情があれば仕方がないけれど、昇さんのような自分勝手な理由であらゆる空港スタッフに無駄な仕事が増えると思うと、それだけで胃が痛い。

「本当に怖いよね……。今日は帰ってくれたけど、また来たらどうしよう」

「その時はすぐ男性スタッフを呼んだ方がいいよ。身の危険を感じたら、緊急通報ボタン押しちゃってもいいと思うし」

「うん、今度からそうする。今日はなにもできなくて、情けない自分が嫌になっちゃった」

今回のような状況は初めてだったから、助けを求めるのが意外と難しいというのを知った。偶然露木さんが来てくれなければどうなっていたかわからない。そういえば、彼はラウンジになんの用があったんだろう。

「それにしてもあのイケメンパイロット……露木さんだっけ？　紗弓のこととっさに助けたにもかかわらず、なにも言わずに去っていくなんてスマートで惚れるわ～」

「でも、迷惑かけちゃって申し訳なさすぎるよ。私のせいで露木さんまでひどいこと言われちゃったし」

「あぁ、三流パイロットってやつ？　よりによってアルコールチェックに引っかかって乗務停止になった人に言われたくないよね。露木さんもきっと気にしてないよ」

昇さんが乗務停止になった件はあまり言いふらすことではないけれど、当時彼とうまくいかずに悩んでいた最中の出来事だったので、夏希には話していた。

もっとも、私が話さずとも『アルコールで乗務停止になった副操縦士がいるらしい』という噂は、職場にもかなり広がっていた。

「……だといいけど」

不安は拭えないものの、夏希に話を聞いてもらって少し心が軽くなった。

露木さんには今度改めて、心からの謝罪と感謝を伝えよう。

中番勤務だったその日は、夜七時に仕事を終えた。

ラウンジの営業時間は午前七時から午後十一時までと長いため、朝早くから夕方までの早番と、午後から営業終了までの遅番、そしてその中間となる中番の三交代制で仕事を回している。

遅番への引き継ぎを終えたら更衣室で制服から私服に着替え、あとは帰るだけ。

夏希と一緒に更衣室を出たが私は寄りたい場所があったため途中で別れ、通用口から一般のターミナルへと移動する。

目指しているのは、第三ターミナル内のマーケットプレイス。江戸《えど》時代の東京をモチーフにした和風の街並みが再現されており、人気の観光スポットだ。

土産物店や飲食店が軒を連ねているそこには、先日露木さんに好きだと話した老舗和菓子店、道重堂もあるのだ。今日は昇さんの一件で疲れてしまったから、甘めの和菓子をいくつか買って帰り、お茶でも飲みながらひと息つきたい。

古い街並みを写真に撮る外国人観光客を横目に、道重堂の看板を目指す。その途中で、バッグに入れていたスマホが振動した。

まさか昇さん？ いや、彼の連絡先はブロックしたからそれはないよね……。

大丈夫とわかっていても、スマホを出してこわごわ通知を確認する。

現れたメッセージの通知に【父】と表示されたのを見て、肩の力が抜けた。すぐに内容を確認する。

【露木くんに、昼間のトラブルの件をかいつまんで聞いた。ひとりで帰るのは危険だが私はまだフライトが残っているから、オフィス業務だった露木くんに紗弓を家まで送るよう頼んだ。江戸舞台《えどぶたい》の前で待て】

一通ごとに長文をよこすのは父の癖。それは別にいいのだが、よくわからない内容に困惑する。メッセージにある『江戸舞台』というのは、その名の通りイベントなどが行われる大きな舞台。マーケットプレイスの中央に位置しており、舞台上に立つ赤い柱がよく目立つので、待ち合わせ場所にも使われる。

そこで露木さんを待てと父は言っているようだ。そして彼に家まで送ってもらえと。

そんなこと一方的に頼まれても困るんだけど……。

いろいろと文句を言いたいが、父はフライトの合間に連絡をよこしたようだから、返信を見る暇はないだろう。

言われた通り江戸舞台へ行って、直接露木さんと話すしかないか……。

私は道重堂の和菓子をあきらめ、待ち合わせ場所へ向かう。舞台の四隅に立つ鮮やかな赤い柱が視界に入ると、足を速めた。

到着して辺りをキョロキョロ見回していると、大勢の人が行き交う中でもひときわ目立つ長身の露木さんを見つけた。黒のセーターとパンツにベージュのトレンチコート、足もとはシンプルな革靴。スタイルがいいだけでなく歩き方や姿勢が綺麗なので、どんな服を着ていてもつい目を奪われる。

「ごめん、待たせたかな」

私の姿を見つけて駆け寄ってきた彼が、申し訳なさそうに苦笑する。

「こちらこそ、昼間はすみませんでした。本当に助かりました」

「気にしないで。紗弓さんが無事でよかった」

家族でもない人に『無事でよかった』なんて言われて、少し気恥ずかしい。露木さんの眼差しがとことん優しいから、なおさら。

「助けてもらった上、父が無理なお願いをしてしまって申し訳ありません。私ならひとりで帰れますから」

「いや、送らせて。俺から志願したんだ」

「えっ？」

意外な言葉に、どきりとする。彼の一人称は『僕』だった気がするが、いつの間にか『俺』に変わっているのも、動揺の原因かもしれない。

「きみの元交際相手が青桐だと知って、余計に心配になったんだ。彼は仕事の時も、感情的になると正常な判断力をなくしていた。ソウル行きはキャンセルしたらしいし、きみの仕事が終わるのを待っていないとも限らないから、ひとりで帰るのは危ない」

真剣な目で露木さんに諭され、薄れたはずの不安が再び胸に立ちこめる。

彼の言ったことが本当なら、警戒した方がよさそうだ。ひとりで歩いている時に昇さんに接近されたら、逃げるのも抵抗するのも難しい。

それにしても、昨日は露木さんに『私たちのことはこの場限り』と少し突き放すように言ってしまったのに、こんなに親身になって忠告してくれるなんて……。

昨日食事をした時と、昼間助けてもらった時も思ったことだけれど、上司の娘である私によくすることで点数稼ぎをしようとしているような人には見えない。

「わかりました。お願いしてもいいですか？」

「もちろん。念のためタクシーを使おう」

「はい」

どこかで昇さんが待ち伏せしていて絡まれる可能性を考えたら、その方が安心だ。

ターミナルを抜けた先のタクシー乗り場で、露木さんと一緒にタクシーに乗り込む。

彼の長い脚が、後部座席で少し邪魔そうだ。

「紗弓さん」

「えっ？　はいっ」

走りだした車の中で、ふと露木さんが話しかけてくる。振り向くと思ったより距離が近く、どきりとした。

「青桐のことだけど、少し責任を感じてる。俺のこと恨んでるよな？」

「恨む？　露木さんをですか？」

「ああ。さっきも話した彼の感情的な部分は、俺が入社してから目立つようになったと、香椎さんや同僚たちに聞いている。それまでは勤勉で前向きな副操縦士だったと」

「それは……そうかもしれませんね。露木さんが先に機長昇格訓練に入った頃からはとくに、精神的に参っていたみたいです」

うつむきがちにうなずく。露木さんがなにも悪いことをしていなくても、彼の存在自体が昇さんの劣等感を刺激してしまっていたことは確かだろう。

「先に機長になったからっていきなり偉くなったわけじゃない。だから、それまでと変わらず青桐を勉強に誘ったり、訓練について意見を求めたり、互いを高め合おうといろいろやってみたんだが、彼にとっては余計なことだったんだろうな。恋人であるきみに迷惑がかかっていたとはまったく知らずに……申し訳なかった」

露木さんがそう言って、深々と頭を下げる。

「いえ、露木さんが謝ることではありません。昇さんは自分に負けてしまっただけだし、恨むなら、そんな彼を支えてあげることができなかった自分です」

昇さんがああなってしまった原因の一端は、私にもある。そう思うとやりきれなくて、力ない苦笑がこぼれた。

暗い気持ちをごまかすように、窓から外を眺める。遠ざかるターミナルビルの夜景がまぶしくて、なんだか目に染みる。

「紗弓さん、これを」

「えっ……？」

振り向くと、露木さんが私にハンカチを差し出していた。どういう意味かわからずただ瞬《まばた》きをしていると、露木さんの手がスッとこちらに伸びてきて、ハンカチを私の目もとにあてた。

嘘。私、泣いてた……？

「す、すみません、自分でやります……っ」

「いいからじっとして」

戸惑いながらも言われた通りにすると、露木さんがハンカチの端でそっと目尻の涙を吸い取ってくれた。急な接近に動揺したのもつかの間で、彼の手はすぐに離れていく。ハンカチにまとわせてあるのか、ほろ苦いシトラス系の香りだけがほんのり後に残った。

「……もう、大丈夫か？」

気遣わしげに顔を覗かれ、こくこくうなずく。もともと、自分でも気づかなかったほどわずかな涙を浮かべていただけなのだ。その理由も、明確なものがあるわけではない。

「すみません、急に泣いたりして」

「精神的に疲れたんだろう。やっぱり、ひとりで帰らせなくてよかった」

「露木さん……ありがとうございます」

今は私も、隣に彼がいてくれてよかったと思う。たとえ昇さんが現れなくても、ひとりで帰路についていたらいろいろ考えすぎて、どんどんうしろ向きになっていただろうから。

「きみは笑っている方がいい。ラウンジの利用客もみんな、そう思っているはずだ」

お世辞が上手なだけかもしれない。それでも、昇さんのことでギスギスしていた心がやわらかな毛布にくるまれたように、心地よく温まっていく。

「……露木さんって、もっと意地悪な人かと思っていました」

「急になにを言いだすんだ？」

頭に浮かんだことをそのまま話すと、露木さんが怪訝そうに眉根を寄せる。

「操縦の腕はよくても、性格はあまりよくないと昇さんから聞かされていたので誤解していたんです。本当は、優しい方だったんですね」

こうして言葉を交わすうちに、ようやくわかった。私が想像していた露木さんは、昇さんのフィルターを通して嫌なやつに変換されていただけだったのだ。

改めて感謝を伝えるように笑みを向ける。しかし、露木さんは軽く私から視線をはずし、複雑な顔をする。

「どうかな」

「えっ？」

「案外、青桐の言った通りの嫌なやつかもしれないよ」

自嘲するような言葉とともに、ジッと見つめられる。

どういう意味だろう。こうして優しくしてくれるのにも裏があるということ？

意味ありげな視線に、なぜかドキドキと鼓動が騒ぐ。けれど、昇さんと対峙した時のような恐怖とは違う。

本当の露木さんを知りたいような知りたくないような……これはたぶん、微かに甘い、彼への興味。私、いつの間にか露木さんのことが気になっているみたいだ。

「だったら、一緒にタクシーに乗るなんてもしかして軽率な行動でしたか……？」

昇さんから私を守るふりをして、実は露木さんの方こそ危険人物だった——なんて、あり得ない展開だとは思いつつ、問いかける。彼のことを疑っているというより、この質問に対してどんな反応をするのかが見たかった。

本当に悪い人なら、少しは動揺するかもしれない。

「そうだな」

彼は私から目を逸らさずに短く答えた。意外な返答にどきりとする。

「えっ？」

「冗談だよ。いたずらに怖がらせて悪かった。ちゃんと自宅に送るから安心して」

苦笑しながら言った彼に胸をなで下ろす。冗談にしては真面目な顔で言うから、本気かと思ってしまった。彼を動揺させるつもりだったのに、結局慌てたのはこちらの方。露木さんの本心を知るのは簡単なことじゃなさそうだ。

「ところで、これからどうやって青桐から身を守るつもりだ？　昨日は香椎さんに頼ると言っていたが、俺に心配をかけたくなくてああ言っただけなんだろ？」

「お、お見通しでしたか……。そうですね、父とも相談しますけど、あまり負担はかけたくないというのが正直なところです」

「香椎さんも忙しい身だからな。かといって、毎日タクシーで通勤するというのも現実味がない」

「できるのは、防犯ブザーを持ち歩くくらいですかね」

「それか……」

露木さんが、ジッと前を見て考え込む。すれ違う対向車のヘッドライトに照らされる横顔がとても綺麗で、目を奪われる。

「俺に守られるか」

しばらく悩んだのち、彼はジッと私を見てそう言った。

「今、なんて……？」

聞き返したものの、本当は聞こえていた。ただ、彼の発言が信じられなかっただけ。すごくドキッとすることを言うんだもの……。

「守りたいんだ、きみのこと」

もう一度、ハッキリと私の目を見てそう言った露木さん。彼のことが気になり始めているのもあって、過剰に鼓動が騒ぐ。

露木さんはどういうつもりなの？　単なる親切とは思えない発想だ。

「守るって、いったいどうやって？」

「青桐をけん制するなら、恋人に……いや、婚約者と言ってあるんだったな。いっそ結婚してしまうのがいいと思う」

「けっ……じょ、冗談はやめてください！」

さっきと同じように、また私を慌てさせようとしているに違いない。照れるだけ無駄だと思うのに、頬が勝手に熱くなる。

「今度は冗談じゃない。本気だ」

私を見つめる露木さんは、いたって真面目な顔をしている。

本気だと言われても、いきなり結婚なんて信じられるはずがない。

「だって私たち、好き合った者同士でもなんでもないじゃないですか」

「あくまで契約上の夫婦ということなら、問題ないだろ」

「契約……？」

「ああ。俺と結婚することで、きみは安心して日々を過ごせる。大切な娘を危険から守ってもらえるとなれば、いくら香椎さんが公私の区別をつけているとしても、少しは俺を評価するはず。パイロットとしての将来も安泰だ。もちろん結婚したからといって、きみが嫌がるようなことをするつもりはない」

どうやら彼は利害一致の契約結婚を提案しているようだ。露木さんのことをいい人だと思ったのは錯覚だったのだろうか。

やっぱり、出世のために私を利用しようとしている？

「でも露木さん、家族をつくる気はないって言ってませんでした……？」

おそるおそる尋ねてみると、露木さんは微かに眉を曇らせ、私から視線をはずす。

なんだか、触れてはいけない傷に触れてしまったような罪悪感に襲われる。

昨日、彼自身が話していたことなのに。

「……俺にメリットがあるとなれば、話は別だ」

「そう、ですか」

昨日話をした時、〝家族をつくらない〟というのは彼の中で絶対揺らがないポリシーなのだろうと思っていたけれど、違っていたらしい。

単に私と結婚することには魅力を感じなかったけれど、昇さんから守るという名目が加わったことで、父にアピールできそうだと思ったのかな。

だからっていきなり契約結婚を提案してくるなんて……あまりに調子がよすぎる。

普通なら、怒ってもいいところだよね。

なのに『結婚なんてお断りです』とすぐには言えない自分がいる。

恋愛はもういいと思っていたのに。パイロットの相手は無理だとあきらめていたのに。私……露木さんの内面に、もっと触れてみたいと思っている。

「少し、考える時間をいただけますか？」

私の言葉に、露木さんが顔を上げる。どこまでも真剣な色をした瞳に、私を映していた。

計算高い契約結婚を提案する人の目ではない。もしかして、彼にもなにか事情があるのだろうか。今はまだ、その〝なにか〟は見当もつかないけれど。

「ああ。しかし、青桐のこともある。決断は早い方がいい」

「わかっています。露木さんの次のお休みはいつですか？　その時にお返事できたらと思うのですが」

勢いだけでは返事をしたくない。いったん彼と離れて気持ちが変わらなければ、その時は契約結婚の話に乗ろうと思う。

「明日から国際線の乗務でニューヨークだから、金曜の夜か土曜なら終日会える。きみの都合は？」

「私は土曜日から遅番の仕事なので、金曜の夜でもいいですか？」

「ああ、わかった。食事をしながらでも話そう」

約束を取りつけた後、スマホを突き合わせて露木さんと連絡先を交換した。

電話帳に登録された【露木嵐】というフルネームを見るだけで、なんとなく胸が高鳴る。

「この、嵐という名前。『縁起が悪い名前ですね』なんて後輩の副操縦士にからかわれることもあるが……」

私がジッと彼の名前を見ていたからか、露木さんが唐突に語りだす。

嵐……たしかに、パイロットなら遭遇したくない空模様のひとつだろう。

「どんな嵐でも立ち向かえる人間になるようにって、両親がつけてくれたんだ。パイロットになるなんてまだわかってもいない、赤ん坊の俺を見て。だから、自分ではとても気に入ってる」

微笑んだ露木さんは、とても優しい目をしていた。

「素敵なご両親なんですね」

「ああ。俺がパイロットとして生き続けるのは、両親のためだ」

すごい……。私だって自分の両親を尊敬しているけれど、その気持ちをこんなに素直には語れない。

「ご両親にとっても、露木さんは自慢の息子なんでしょうね」

「……だといいけどな」

少し寂しそうな目をして、露木さんが微笑む。ご両親をこんなに思っている彼なのに、折り合いでも悪いのだろうか。

会話を交わすうち、タクシーは私の自宅マンションの前に到着した。

私はここまでの料金を支払うと言ったのに、露木さんが「いらない」と言うので、何度か押し問答してしまった。最終的には、私が折れたけれど。

「じゃあ金曜日に」

車を降り、半分ほど開いた窓越しに露木さんと挨拶を交わす。

「はい、送っていただいてありがとうございました。おやすみなさい」

「おやすみ。いい返事を期待してるよ、紗弓」

「えっ」

今、名前……。

ぽかんとする私に甘い笑みを返すと、彼は運転手に車を出すように告げ、そのまま去っていった。

「……不思議な人」

真面目かと思えば女性慣れしているようにも見えるし、ご両親を誇りに思っているわりに、家族をつくらないなんて言う。メリットがあるなら話は別らしいけれど……。

本人がそばにいないのに、露木さんのことばかり考えてしまう。

思わずコートの上から手をあてた胸はトクトクと音を立て、甘い予感に揺れていた。

交際ゼロ日で動きだす恋

約束の金曜日。昇さんの件もあるため、露木さんが家まで車で迎えに来てくれることになった。身支度を済ませリビングでソワソワしていると、手に持っていたスマホが短く震える。

【今着いた】

それだけの連絡で、心臓がジャンプする。

今日までに契約結婚の返事を考えておくのが宿題だったけれど、実は考えるまでもなかった。ここ数日、私の心の中にあった思いはただひとつ。

ニューヨークステイ中の彼に〝会いたい〟という感情だった。

だから、もちろん用意した答えは〝イエス〟。露木さんの本音はわからないままだけれど、彼との結婚生活に飛び込んでみようと決めた。

「それじゃ、行ってきます」

「気をつけてね。露木さんによろしく言ってちょうだい」

「はーい」

対面キッチンから声をかけてきた母に、返事をする。当初は両親の前で露木さんとの縁談が失敗に終わったかのように振る舞っていたけれど、昇さんの件で私を心配した露木さんからもう一度アプローチがあり、私もそんな彼の優しさに惹かれたということで話を合わせてある。

ダイニングで母の淹れたお茶を飲んでいた父が、じろりと私を睨んだ。

「お前は男を見る目がないから、露木くんを逃したら次はどんなやつを連れてくるかわかったもんじゃない。絶対に彼をつかまえてこい」

有無を言わさぬ迫力に、心臓が縮こまる。

昇さんがラウンジに現れたと知ってから父はずっとこんな調子だけれど、露木さんと結婚すれば少しはおとなしくなるだろうか。

「前半は自覚あるけど、つかまえるって……」

「とはいえ、朝帰りは許さんぞ」

「わかってるってもう。自分の娘と部下を信用してよね」

露木さんを紹介したのは自分のくせに、いざ娘と恋仲になるかもしれないと思ったら心配らしい。過保護な父にあきれつつ、リビングを出た。

廊下を進む足は自然と小走りになり、ハーフアップにした髪が揺れた。ふわふわと舞うスズランの香りが、今日は胸を弾ませる。

前回はパンツスタイルで彼と会ったけれど、今日はコートの中身をボートネックのニットワンピースに変えた。女性らしい服で彼と会いたい。そんな乙女心が湧いたからだ。

マンションのエントランスを出ると、車寄せに黒のセダンが止まっていた。

私の姿に気づいた露木さんが運転席から降りてくる。挨拶しようとしただけで、頬がほんのり熱を持った。

「こ、こんばんは」

「こんばんは。助手席にどうぞ」

「失礼します……」

ドアを開けてくれた彼にぺこりと頭を下げ、シートに腰をすべらせる。

車内にはしっとりした洋楽が流れていて、ブルーバードエアラインに入る前の露木さんが長らくカナダの航空会社で働いていたのを思い出す。パイロットなら皆それなりに英語はできるけれど、露木さんはまるでネイティブスピーカーのように話すそうで、『アイツの発音は鼻につく』と、昇さんがよく文句を言っていた。それもきっと、ただの嫉妬だったんだろうな。

そんなことを考えているうちに、露木さんが運転席に戻り、シートベルトをする。ごつごつした手がハンドルとレバーを握って、車はゆったりマンションの敷地を出ていった。

「緊張してるだろ」

「えっ？」

開口一番にそんなことを言われ、ドキッとする。

露木さんは前方を見すえたまま、穏やかに続ける。

「表情が硬い気がする。契約結婚をどうやって断ろうか悩んでるのか？」

核心を突く話題に、ますます心臓が暴れた。

いきなりその話を持ち出されるなんて……。

「いえっ。むしろ逆に、承諾のお返事ってどうしたらいいんだろうとそればかり……」

軽いパニックに陥った私は、そう口にしてからハッとする。

私、今、ものすごく重要なことを軽々しく口にしたんじゃ？

ひとりでうろたえていると、隣からクスクス笑う声が聞こえてきた。

「悩んだ時間が無駄になったみたいだな」

「聞こえちゃってました……？」

「ああ、しっかり」

おかしそうに目を細める彼の横顔に、やってしまった……と頭を抱えたくなる。

どうせ後で返事をするつもりだったのだから結果は同じだけれど、こんなに早く承諾するなんて、結婚にものすごく乗り気なようで恥ずかしい。

「あの、つまり……そういうことです」

照れくささに思わずうつむいて、ぼそぼそとつぶやく。

「ありがとう。紗弓の意思を早めに確認できてよかった」

紗弓……。露木さんはサラッと口にしているのに、いちいち意識してしまう。

私も、彼を下の名前で呼ばなければいけないのだろうか。

いつから？　とりあえず今はまだ露木さんでいいよね？

「そういえば、あれから青桐から接触はないか？」

こちらの葛藤などおかまいなしの露木さんが、不意に深刻なトーンで尋ねてくる。

「今のところ大丈夫です。一応父に相談して防犯ブザーは持つようにしましたが、まだ使わずに済んでいます」

「そうか。俺もいろいろ考えたんだが、とにかくすぐ一緒に暮らし始めて、お互いの休みがあった日に警察へ相談に行くのがいいと思う。たとえ仕事でも、フライトの時以外は必ず連絡がつくようにしておくよ。あとはなにが不安だ？」

「ちょ、ちょっと待ってください。あれ以来昇さんからの接触はないですし、ひとまず様子を見ましょう。警察へ行くのはそれからでも遅くないと思います」

私のために対策を考えてくれたのはありがたいが、大げさすぎて焦ってしまう。

「しかし……」

「なにかあったら絶対にすぐ露木さんに相談しますから」

「……わかった。しかし、きみを守るために結婚するんだ。ささいなことでも必ずなにかあったら連絡して」

「は、はい」

彼の過保護ぶりは、もしかして父以上かもしれない。

どうして知り合ったばかりの私に対して、そんなに真剣に〝守る〟だなんて言えるんだろう。たとえ契約結婚という形でも、生活をともにするうちに彼の本音がわかるようになればいいけれど……。

凛とした表情で前方を見つめる彼の横顔を見つめても、今はまだなにも読み取れなかった。

露木さんが連れていってくれたのは、豊洲《とよす》のホテルに入っているイタリアンレストランだった。大きな窓から夜景を望める個室はムードたっぷりで、大人のデートにぴったりという感じだ。誰か、ほかの人と来たことがあるのかもしれない。この見た目で、若くして機長になったエリートだもの。遊び人とまではいかなくても、ある程度はモテてきたはずだよね……。

彼の女性経験が前とは違う理由で気になり、胸がちりっとした。

「あの、今さらですが……」

「ん？」

乾杯の前に、このモヤモヤをどうにかしたい。

前菜、そして車の運転がある露木さんに合わせて頼んだノンアルコールワインがテーブルに並んだ頃、勇気を出して彼に尋ねてみる。

「露木さん、私と結婚なんかして大丈夫なんですか？　家族をつくる気がなかったという話は聞きましたが、恋人がいないとは言っていなかったので……」

露木さんが、意表を突かれたように目を瞬かせる。それから持ち上げていたグラスをテーブルに戻し、私をまっすぐに見つめた。

「恋人がいたらそもそも紗弓と会ってないし、結婚を申し込んだりしないよ。今の俺にはきみしか見えてない」

文字通り、澄んだ瞳の中に私の姿を映してそう言った彼に、胸が高鳴る。

契約結婚なのに、口説かれているみたい……。

気恥ずかしさに耐えきれず、パッと目を逸らす。

「そ、それならいいんですけど」

「ほかに気になることは？」

「ありません……たぶん」

「この先もなにかあったらその都度相談してほしい。応じられるように努力するから」

頼もしい笑みで言い聞かされると、不安がゆっくり薄れていく。

たとえ父への点数稼ぎのために私を娶ろうとしているのだとしても、こうして向き合っている時の彼の言葉に嘘はない気がする。

根拠はないもののそんなふうに思い、私はようやくグラスを手に持った。

食事をしながら、今後について話をした。

まずは引っ越しと、婚姻届の提出。式はいずれ挙げるとしても、一緒に暮らし始めてからじっくり準備を進めることになった。

露木さんが現在住んでいるマンションの場所は昇さんも知らないらしいので、私が一緒に住んだとしてもとりあえず安全だろうとのことだった。セキュリティも厳重だそうだ。

「実家にも近いので、私の両親は安心ですね」

「そうだな。俺は不在にすることも多いから、ちょくちょく顔を見せるといい」

「露木さんのご両親への報告はいつにします？」

話の流れでそう聞くと、コースのメイン料理、牛肉のタリアータにナイフを入れていた彼の動きが止まった。けれど気のせいかと思うくらい一瞬で、すぐに微笑を浮かべて私を見る。

「いないんだ」

「えっ？」

「俺がカナダのフライトスクールに留学している時に……事故でふたりとも」

今度は私がナイフを止める番だった。ご両親を事故で亡くしているなんて初耳だったから。

「そう……だったんですね。知らなかったとはいえ、すみません」

「いや、こちらこそ話すのが遅くなって悪かった」

露木さんは珍しく気まずさを漂わせ、ノンアルコールワインに口をつける。半分ほど残っていたグラスの中身が、一気に飲み干されていく。

「きょうだいもいないし、俺の方は挨拶だとかそういうのを気にする必要はない。紗弓のご両親と俺たちだけで、一度食事でもしよう。実は、香椎さんの心を射止めた紗弓のお母さんってどんな人なんだろうって、結構気になってるんだ」

空にしたグラスをテーブルに置いた彼は、明るい表情を取り戻してそう言った。

あまりご両親の話をしたくないみたいだ。それほど悲惨な事故だったのかな……。

この間〝嵐〟という自分の名前について聞かせてくれた時はとてもいい表情でご両親のことを語っていたけれど、あの時は事故について語る必要がなかったから、穏やかでいられたのかもしれない。

「普通の主婦ですよ。ただ、あの父を甘やかしてあげられる器の大きさはありますね」

話題が私の両親のことに及んだので、そちらを掘り下げることにする。

「香椎さんが甘やかされる？」

想像もつかない、というように顔をしかめる露木さんがおかしくて笑ってしまう。

「はい。母の作った絹さや料理が大好きで、食べただけで眉間のしわが減るんですよ」

「そうなのか……。紗弓と結婚したら、その現場に出くわすチャンスもあるかもな。見たいような、見たくないような」

「ふふっ。父が威厳をなくす日も近いですね」

露木さんはご両親の話以外なら一度も気まずそうな空気を出すことなく、たくさん笑顔を見せてくれる。触れられたくない過去というのは誰にでもあるものだから、それ以降ご両親の話は一度もせず、楽しい食事に終始した。

食事の後、少し腹ごなしをしたくて海辺の公園へとやって来た。敷地に沿うように作られた遊歩道の上を、ふたりでのんびり歩く。街灯だけでなく、レインボーブリッジを筆頭に輝く都心の夜景のおかげで、周囲はほどよく明るかった。

「寒くないか?」

「平気です。お酒は飲んでいないのに……不思議と、体がぽかぽかしてて」

不思議と言いつつ、内心では露木さんのせいではないかと思っている。

食事しながらいろいろな話をしたことで、少しは彼に近づけたような気がして小さな喜びを感じているのだ。

「そのわりに、手は冷たいな」

照れくさくて前ばかり見ていたら、露木さんが緩く私の手を握る。温かくて硬い手のひらの感触に、心臓が早鐘を打つ。

どういうつもりなんだろうと彼をそっと見上げると、優しい眼差しと目が合う。ますます胸が高鳴って、目が逸らせない。

「紗弓の手が温かくなるまで、握らせて」

反射的に、こくんとうなずく。露木さんはふっと微笑むと、指を絡ませてしっかりと私の手を握りしめた。

ただの契約結婚の相手に、露木さんはどこまでも優しい。それがうれしくて、少し切ない。これは特別な優しさじゃなくて、私が上司の娘だからという理由で、義務的に優しくしてくれているだけだろうから……。

「露木さん、あったかい」

落ち込みそうになるのをごまかすように、ただそれだけつぶやく。

こうしていると、普通のカップルみたいだ。

「こんなふうに誰かと手をつなぐのは久しぶりだ」

露木さんが、どことなく懐かしそうにそう言った。昔の恋人を思い出しているのだとしたら複雑だけれど、これから結婚しようとしている相手の前でそんな話はしないはず。だとしたら、家族との思い出……とか？

聞いてみたいけれど、きっと今の私ではまだ触れてはいけない。

そう思うと不意に切なくなって、彼の隣でうつむいた。

「紗弓は、青桐とこうして歩くこともあったんだよな」

「えっ？　……そうですね、お付き合いしていた時は」

急に昇さんの話題を振られ、動揺する。なぜそんなことを聞くのだろう。

「告白はどちらから？」

「昇さんからです。第三ターミナルの展望デッキに呼び出されて、手紙を渡されて」

質問攻めに困惑しつつ、正直に答える。無言で私を見つめたままの露木さんは、微かに険しい表情だ。私が彼に恋人の有無を確認したように、たとえ契約結婚でも一応私の過去を知っておきたいとか？

そんなに心配しなくても、たいした恋愛遍歴はないのに。

「どうして昇さんのことを？」

勇気を出して尋ねながら、彼の顔を覗き込む。

露木さんは申し訳なさそうに眉を下げた。

「ごめん、他人に過去を掘り返されるのは嫌だよな。無神経だった」

「いえ、それはかまいません。でも……せっかくなら私たちの話をしませんか？」

つないだ手に軽く力を込め、彼を見つめて提案する。

「たとえ契約上の関係でも……というか、むしろ特殊な形の結婚だからこそ、お互いの性格や価値観をよく知り合って尊重することが大切だと思うんです。私たちは仕事柄、すれ違いの生活を送ることになるでしょうから、なおさら」

「紗弓……」

まぶしいものを見るように目を細めた露木さんが、ぽつりと私の名をつぶやいた。彼の眼差しが甘く感じられるのは気のせいだろうか。ジッと見つめられて恥ずかしいのに、目が逸らせない。

高鳴る胸の音を聞いていると、彼の長い指先がふわりと私の髪を耳にかけ、顎をすくった。視線が絡まった次の瞬間、唇が近づいてくる。

抵抗しようとは思わなかった。私も、そうしてほしかった気がした。

じりじりと胸が熱い。私、どうしてこんな――。

「……ごめん」

高鳴る鼓動の音に交じって、静かな彼の声が耳に届いた。

唇は触れることなく、顎に添えられていた手も離れていく。まぶたを開けると気まずそうな露木さんと目が合い、胸がずきりと痛んだ。

そうだよね。好きでもない契約結婚の相手にキスまでは……できない、よね。

自分の中で勝手に答えを出すと、私は彼に笑いかけた。

「父の顔でもよぎりましたか？」

そう聞いてみると、露木さんは目を閉じて首を左右に振った。

「違うよ。そうじゃなくて……前も言ったけど、俺は本当に嫌なやつかもしれない」

露木さんはそう言って、また私の手を引いて歩き出す。

少し前を歩く彼の顔は、よく見えない。

「嫌なやつではないですよ。少なくとも、私にとっては」

「紗弓……」

「でも、いつか教えてくださいね。露木さんがそう思ってしまう理由。私、待ってますから」

早足で隣に並び、彼を見上げて微笑む。露木さんは優しく目を細めてうなずいてくれた。

「わかった。……約束する」

絡んだ指に力がこもり、トクンと胸が鳴る。

私の手はとっくに温まっていたけれど、公園を出て車に乗るまで彼はつないだ手を離さなかった。

そばにいたい

結婚を承諾した次の休みには彼のマンションへと引っ越し、婚姻届はその五日後、十二月十八日というなんでもない平日に提出した。

クリスマスやイブの日に出すのも素敵だと思ったけれど、あいにくふたりとも休みではなかったし、その頃から年末年始が明けるまで、空港は目が回るほどの繁忙期。

普段よりイレギュラーな残業なども入ってくるので、出せるなら早めに出してしまおうと、書類が揃《そろ》ってすぐに区役所へ行った。

彼の住まいは七階建ての低層マンション、その最上階。エントランスには二十四時間コンシェルジュが常駐しているためセキュリティも万全で、引っ越しの日に手伝いをしてくれた私の両親も、これなら安心だと胸をなで下ろして帰っていった。

住人専用のラウンジやフィットネスルーム、屋上の緑あふれるテラスなど共用空間も充実しており、とても快適な生活が送れそうだ。

部屋の間取りは２ＬＤＫで、南側にあるリビングダイニングの窓からは、たっぷりの日差しが降り注ぐ。パイロットの仕事は時差に悩まされることも多いけれど、太陽の光を浴びるとある程度リセットできるのだと、露木さんが教えてくれた。

その窓から広々としたバルコニーに出ると、ラタンチェアとテーブルのセット、観葉植物が置かれていて少しリゾート風だ。

室内の家具はグレーやネイビーなど落ち着いた色味が多く、大人っぽい雰囲気。加えて、部屋全体に彼がいつもまとうシトラスの香りが漂っているので、初めてお邪魔した時はかなりドキドキした。一週間も経てばそこに私のお気に入りであるスズランのヘアオイルの香りが混じるようになり、私にとっても徐々に居心地のいい空間へと変わっていった。

お互い勤務時間がバラバラなので寝室は別で、食事の時間もあまり合わない。

それでも、夫婦になって変わったことがある。

同居開始からおよそ一カ月が経ったその日も、早番に出かけるため朝早く玄関で靴を履いていたら、寝室から寝起きの彼が出てきた。

「もう時間か。きみが出ていく前に起きられてよかった」

「嵐さんは昨夜遅かったんですから、まだお休みになってていいのに」

こうして完全にプライベートな状態の彼を見られること。それから、彼を下の名前で呼ぶようになったのが、大きな変化だった。

嵐さんはパイロットの制服姿ももちろんカッコいいけれど、家での気だるげで大人っぽい姿を見られるのは、きっと妻だけの特権。

そう思うだけで小さな幸せを感じる。

「紗弓をちゃんと見送らないと、俺が落ち着かないんだよ」

「気持ちはうれしいですけど……」

「防犯ブザーはちゃんと持ってるな？」

「はい」

バッグの持ち手にぶら下げてある、ライト付きのブザーを見せる。少々カッコ悪いけれど、身の安全のためだ。幸い、あれ以来昇さんからの接触はとくにない。

「それならよし。行ってらっしゃい」

「行ってきます」

こんなふうに彼が過保護なのはいつものことだ。今日は彼もこれから国際線フライトで数日不在になるが、休みの日なら車で空港まで送迎してくれるし、家を空ける時はこまめに連絡をくれる。

彼がいない時は、念のため夜の外出も禁止。結婚したら私を守るという約束を、律儀に守ってくれているのだろう。

ただ、嵐さんが前より心の内を見せてくれるようになったかというと、そこはあまり進展がないというのが正直な感想だ。契約結婚なのだから仕方がないけれど、もう少し距離を縮めて、彼のことを理解したい。そう思うこと自体、嵐さんにとっては迷惑なのかな……。


混雑した電車内で吊革に掴まりながら、思わず切なくなる。

結婚生活は始まったばかりなんだから、気長にやるしかない。

自分を叱咤して、職場に向かった。


午前中はとくにトラブルなく過ぎていき、迎えた昼休み。

久々にシフトが一緒になった夏希と、ターミナル四階にあるハンバーガーショップに出向いてランチをともにした。社員証を見せれば、空港職員割引で食事ができる。

一般客に交じって列に並び、野菜たっぷりのビタミンバーガーセットを注文する。

できあがった商品をお盆にのせると、混雑した店内を避け、フードコートのようになっている店外の席に着いた。ここからは一階下の出発ロビーが見下ろせるので、ひとりの時でもなにげなく人の往来を眺めているだけで退屈にならない。

「それで、イケメンエリートパイロットを射止めた気分は？」

「別に射止めたというほど熱心にアプローチしたわけじゃないけど……」

「その謙遜、自慢にしか聞こえない」

「ご、ごめん……」

夏希には結婚報告だけしていたがゆっくり話す機会がなかったので、込み入った事情は伏せて、とりあえず平和な毎日を過ごしていることを伝える。

なんとなく想像していたことだが、夏希は盛大に拗《す》ねた。

「あーあ、どうにもならない～、なんて言ってたのはどこの誰かしらね」

彼女はそう言って、不機嫌にポテトをつまむ。

「いろいろと状況が変わったっていうか……昇さんが色眼鏡で見ていた彼の情報しか知らなかったから、誤解していた部分が多くて」

「だからって、こんなに早く人妻になっちゃうなんて裏切られた気分よ。ねえ、旦那さんに頼んで誰か紹介してよ。もちろん、イケメン限定ね」

落ち込んだかと思いきや、もう目を輝かせている夏希。切り替えの早さに感心するが、紹介と言われても、嵐さんの交友関係について私はまだよく知らない。

「とりあえず聞くだけ聞いてみるけど……」

「うれしい～！　エリートパイロットのお友達なら、容姿も中身も期待できるよね」

「そ、そんなにハードル上げないでよ」

まだ見ぬ王子の姿を想像しているのか、うっとり両手を合わせる夏希。そんな彼女に苦笑していると、テーブルに置いたスマホが短く震える。

受信したのは、知らない番号からのショートメール。たまに届く迷惑メールの類かと思いつつ開いてみると、一瞬にして寒気が走った。

【紗弓は昔からビタミンバーガーばかりだな。口についたオーロラソースを指で取ってやったら、真っ赤になってたのを今でも覚えてる。懐かしいな。昇】

……昇さん？

どうして、私が食べているものを知っているの？

思わず席を立ち、周囲をキョロキョロ見回す。

パッと見た感じ彼の気配はないが、店内の席まではわからない。ちょうどお昼時なので客数が多いし、じろじろ見るのは関係のない人たちに失礼だ。

「紗弓、急にどうしたの？」

「これ……」

椅子に座り直し、夏希にショートメールを見せる。夏希の顔も見る見る険しいものになった。

「ちょっと、怖すぎるよこれ。完全にストーカーじゃん。警察行った方がいいよ」

「うん……。そうだよね」

嵐さんにも相談した方がいいだろう。

そう思ってメールのスクリーンショットを撮り、嵐さんへのメッセージを打ち込んでいる時だった。先ほどと同じ番号からのショートメールが再び届き、見なければいいのに、思わず開いてしまった。

【忠告しておくけど、露木は紗弓のほかにも女がいるからな】

目にした瞬間、ドクン、と心臓が揺れた。

信用できない相手からの言葉なのに、勝手に心がざわついてしまう。

根拠は？　根も葉もない嘘でしょう？　本当にそんな人がいるなら、名前は？

つい返信したい衝動に駆られるが、そんなことをしたらきっと昇さんの思うツボだ。

彼はきっと、私が焦ったりショックを受けたりするのを楽しんでいるだけ。そしてあわよくば反応があったら、復縁を迫るつもりだろう。

結婚前、嵐さんは恋人なんていないと言っていた。その目に嘘はなかった。

実際に一緒に暮らし始めてからも、女の人の気配を感じたことは一度もない。

深呼吸をして、なんとか動揺を収める。けれど、昇さんが植えつけた微かな疑念のせいで、打ちかけていた嵐さんへのメッセージを送ることができなくなってしまった。

嵐さんを信じているとはいえ、彼のすべてを理解できていないのは事実だから……。

「紗弓、午後の仕事大丈夫？　無理しなくていいからね」

スマホを見つめたまま沈黙していると、心配そうな夏希に顔を覗き込まれる。

慌ててショートメールの画面を閉じ、笑顔をつくった。

「大丈夫。今日は家に帰っても誰もいないし、仕事してる方が気分転換になる」

「旦那さんいないなら、今日は実家に帰った方がいいんじゃない？　どこでアイツが見てるかわかんないもん」

「……だね。そうする」

新居の場所はバレていないと思うけれど、後をつけられたらアウトだ。

実家なら必ず母がいてくれるし、ひとりでいるよりは安心できるだろう。今夜はそちらに帰ると母にメッセージを入れ、ようやく中断していた食事を再開した。

仕事を終えて帰る時は、空港から品川駅まで夏希が一緒についてきてくれた。

ちょうど寄りたい場所があっただけだと言っていたけれど、たぶん、私のことが心配で一緒にいてくれたのだと思う。

駅構内で別れる時も『人目の多い道を選んで帰るんだよ』としつこいくらいに言って、JR線乗り場の方へと歩いていく私をしばらく見送ってくれていた。

自宅の最寄り駅からは明るい通りを選んで早足で歩き、手には防犯ブザーを握りしめる。そんなふうに警戒心を張り巡らせていたから、何事もなくマンションにたどり着けた時には、肩の力が抜けた。

「ただいまー……」

我が家の玄関には、両親のものではない革靴とパンプスが一足ずつ並んでいた。母からのメッセージによると、今夜はふたりのお客さんが来ていてささやかな新年会をしているそうなのだ。

そんな日に帰って邪魔じゃないかとも思ったが、お客さんというのはブルーバードのパイロットとCA。中でも父と親しい、気心の知れたメンバーなんだとか。

彼らは鬼の査察操縦士が溺愛する娘さんにもぜひ会いたいと、私を歓迎してくれているそうだ。

ちょっぴり緊張しながら、リビングダイニングのドアを開ける。

ダイニングテーブルにはお酒やごちそうが並び、父と母が並んだ席の向かいに、見知らぬ男女が座っていた。

「こんばんは……」

「あっ！　紗弓ちゃ～ん、おかえりなさい！」

一番に私の姿に気づいたのは、メイクも顔立ちも華やかな、四十代くらいの女性。背中まである長い髪は、つやつやとして綺麗だ。CAというのはきっと彼女だろう。酔っているのか、頬がほんのり赤くて声が大きい。

「杏里《あんり》さん、ボリューム大きすぎ。娘さんがびっくりしてます」

「あっ、ごめーん」

てへ、と舌を出す女性の横で、男性がこちらを向いた。

「はじめまして、紗弓さん。真路《しんろ》といいます。香椎さんにはいつもお世話になっています」

杏里さんと呼ばれた女性の隣で、彫りの深い美形男性が頭を下げる。杏里さんがCAなら、真路さんはおそらくパイロット。嵐さんといい、ブルーバードにはイケメンパイロットが多すぎやしないだろうか。

「こちらこそ父がお世話になっています。娘の紗弓です」

「真路くんは社内イチの出世株だ。次の乗員部長はほぼ、彼で決まりだろう」

父が、自分のことのように自信たっぷりな様子で真路さんを紹介する。

「恐縮です。乗務が減るのはパイロットとして残念ではありますが、家族と過ごせる時間が増えると思えばがんばれます」

にこやかにそう言った真路さんの左手薬指には、結婚指輪がきらりと光っていた。

彼の整った顔を見た瞬間、夏希に紹介できるかも……とつい考えてしまったが、素敵な男性にはやっぱりお相手がいるものらしい。

「それにしても紗弓ちゃん、美人だわぁ〜。さすが、うちのエース露木くんの新妻ね」

「いえ、そんな……」

新妻という響きに、頬が熱くなる。嵐さんとの結婚をこんなふうに冷やかされるのも初めてなので、どんな顔をしていいのかわからない。

「照れちゃってかわいい。私、客室乗員部の涼野《すずの》杏里よ。杏里さんって呼んでね」

「はい、杏里さん。よろしくお願いします」

杏里さんは人懐っこく、とても気さくそうだ。ひと通り挨拶を済ませると、私も空いている席に座らせてもらい、新年会に参加した。

「香椎さんがパイロットのトップなら、杏里さんはCAのトップってところですね。こう見えて、CA歴三十年を超えているんですよ」

「ちょっとー、年がバレるじゃない」

サラッと杏里さんの経歴を明かした真路さんの肩を、杏里さんがグーでパンチした。

真路さんは「痛っ」と言いつつも、クスクス笑っている。

ＣＡ歴が三十年以上ということは、杏里さんってもしかして五十代？

とてもそうは見えない美貌に感心する。

「皆さん仲がいいんですね」

「そうなのー。ブルーバードエアラインのアダルトチーム。まだまだ、若い者には負けないわよ」

「杏里さんは、酸いも甘いも噛み分けたバツイチですしね」

「ちょっと真路くん。さっきから人のプライベート暴露しすぎ」

「しかも、離婚した旦那さんと最近復縁したっていうミラクル付き」

真路さんがからかいの眼差しを向けると、杏里さんが照れたように口ごもる。

一度離婚した相手ともう一度結ばれるなんて、ドラマみたいだ。

「ま、あんな変な人の奥さんをやれるのは私だけだからね。そういう真路くんの奥様は、グラハンなのよ。ええと、ジュン……ジュンコちゃんだっけ？」

グラハンとは、グランドハンドリングスタッフの略。駐機スポットで飛行機を誘導したり、貨物の積み下ろしをしたりと、仕事内容は多岐にわたる。真路さんの奥様もその一員のようだ。

「潤《じゅん》奈《な》ですよ。人の妻の名前を間違えないでください」

ふたりの会話がいちいちおかしくて、笑わされてしまう。父は会話に加わらないもののの、いつもの厳しい顔を緩め、穏やかな顔をしている。

それが珍しい光景なので、思わず母にこそっと耳打ちする。

「お父さん、なんか楽しそうだね」

「杏里さんも真路さんも、お父さんを怖がらず普通に接してくれる貴重な存在らしいわ。うちに招いたのは初めてなんだけど、時々三人でお酒を飲んだりしているみたい」

父に仲良しの同僚がいると知って、母も微笑ましそうである。

「へえ……」

「みんな忙しくてこうやって集まれるのも貴重だから、紗弓も聞きたいことがあったら聞いておいたら？　露木さんのことも、きっと教えてくれるわよ」

母は深く考えていないだろうが、ちょうど嵐さんについて情報が欲しいところだったのでドキッとした。

「そ、そうだよね。せっかくだし……」

とはいえ、なにを聞いたらいいだろう。

ジッと考え込んでいると、空に近かった私のグラスに真路さんがビールを注いでくれる。

「あっ、ありがとうございます」

「どういたしまして。露木とはどう？　紗弓さんのいるラウンジも勤務時間がバラバラだから、お互いすれ違いが多いよね」

「そうですね……でも、今のところはうまくやっていると思います」

お互いの内心はともかく、表面上はとりあえず一般的な新婚生活に似た時間を過ごせていると思う。この場には両親もいるので、深い部分までは語れないけれど。

「そっか。これからも、一緒にいる時間を大事にすれば大丈夫。それと、悩みはひとりで抱え込まないこと。露木がたぶんそういうタイプだから、紗弓さんからアイツの心をこじ開けるくらいでちょうどいいと思うよ」

真路さんからの意外なアドバイスに、目を瞬かせる。

「私からこじ開ける……？」

「同感だ。露木くんは優秀だが、なんでもひとりで背負い込みすぎる。紗弓の前では、その荷物を下ろせるといいんだがな」

父もしみじみとした口調でそう言った。

パイロットとして一緒に働くふたりが言うのなら、本当にそうなのだろう。露木さんが抱えているもの、私でよければ半分でもそれ以上でも預けてほしいな……。

「がんばって、紗弓ちゃん。バツイチの私が言うのもなんだけど、夫婦ってとってもいいものよ。末永く幸せでいるためには、歩み寄りと努力が大切。覚えておいて」

杏里さんがそう言って、茶目っ気たっぷりにウインクする。

「そうね。私がお父さんの眉間のしわひとつで機嫌を計れるようになったのもつい最近だもの。やっぱり、お互い言葉でちゃんと話すことが大切よ」

「……知らない間に機嫌を計られていたとは」

父が思わずといった感じに眉間のしわをなでる。

私の目にはずっと仲良しに見えている両親も、グラハンの奥様を大切にしている真路さんも、一度離婚を経験した杏里さんも……みんな、結婚生活で大切にしてきたものは同じ。なんだか、とてつもなく大きなヒントをもらった気分だ。

今日、実家に帰ってきてよかった。先輩方からのエールはとても励みになるし、もらったアドバイスはこれからの夫婦生活に役立ちそうだ。

「ありがとうございます。私、きっと露木さんといい夫婦になります」

満面の笑みで宣言すると、母と真路さん、杏里さんがぱちぱちと拍手をくれた。

　しかし、父だけは腕組みをして黙り込んでいる。眉間のしわは、相当な深さだ。

「お母さん、お父さんのあの顔はどういう意味？」

「あれはねぇ……」

　母が神妙に父の顔を覗き込む。夫婦生活を長く続けたからこそわかる、母だけの読心術。

「お父さん寂しいっ！……の顔ね」

　いったい、父はなにを考えているというのか。

「紗弓がお嫁に行っちゃって、お父さん寂しいっ！……の顔ね」

「ふむ、さすがだな」

　ジッと閉じていた目を開け、父が感心したように言う。くだらないやり取りなのにおかしくて、真路さんや杏里さんと一緒に私も噴き出してしまった。

「鬼の香椎キャプテンが夫婦漫才してる～」

「今の、録画しておくんだったな……。そうすれば、香椎さんを怖がる新人副操縦士たちの緊張を解いてやれたのに」

「やめてくれ。今まで築き上げてきた鬼のイメージが台なしだ」

　食卓は再び笑いに包まれ、和やかな時間が過ぎていく。

　本当は昇さんについても話を聞きたかったけれど、楽しい空気に水を差すのが嫌で、結局口にはしなかった。

それに、私が今頼るべきは夫の嵐さんだ。彼と向き合うのをためらっていたら、いつまでも前に進めない。

昇さんのこともきちんと彼に相談して、怖いって、正直に言おう。

昇さんのことを警戒し、嵐さんがステイ先から帰るまでの数日は実家から職場に通った。

一度ラウンジに昇さんが現れたことを知っている父に『あれから大丈夫か？』と聞かれたので、時々変なメールはくるけれど、いずれ嵐さんと一緒に警察に相談するつもりだから心配しないでと伝えた。

怖くなったら実家にいつでも帰れるし、家族は私の味方。

昇さんからの嫌がらせになんて屈せず、いつも通りに仕事をこなしながら嵐さんとの結婚生活を続けることがきっと一番の抗議になる。そう信じて日々を過ごした。

嵐さんが帰ってくる日になると、久しぶりに彼と暮らすマンションへ戻った。

その日は早番勤務だったので私の方が帰宅が早く、料理をしながら彼を待つ。

生活リズムがバラバラなので今まで手料理を振る舞う機会がなかったけれど、国際線の乗務で疲れている彼を少しでもねぎらいたくて、初めて夕食を用意することにしたのだ。

実家では料理上手な母の隣でよく手伝いをしたので、自然とコツみたいなものは身についている。

今夜のメニューは、大葉入りの甘辛つくね、ヒジキと大豆の煮もの、ほうれん草を入れただし巻き卵、根菜たっぷりのお味噌汁、それに白いご飯。

最後に完成させただし巻き卵を切っているところで、嵐さんが帰宅した。

「ただいま」

「おかえりなさい。ちょうどご飯ができたところです」

室内に入ってきた嵐さんは、アイランドキッチンに立つ私を見つめて微笑む。

「廊下にもいい匂いが漂ってた。紗弓も仕事だったのに悪いな」

「いえ、好きで作りましたから」

「ありがとう。お返しに、というわけじゃないが、食後のデザートがある」

嵐さんが、小さな紙袋を掲げた。

「ミチシゲ……ドー？」

紙袋に印刷されている【MICHISHIGEDO】のロゴを見つめ、つぶやく。アルファベットだからすぐにはピンとこなかったが、あの道重堂だ。

「そう。ニューヨーク店で限定の和菓子を販売してるのを知ってたから、紗弓にプレゼントしたいなと思って」

「ありがとうございます……！」

紙袋を受け取ると、思わず顔がほころぶ。最近道重堂の和菓子を買いそびれていたし、海外店舗だけで展開している限定商品は通販では購入できず、手に入れるのをあきらめていたのだ。

「紗弓」

上着を脱いだ嵐さんが、キッチンにやって来る。彼は私が持つ紙袋を取って台に置くと、唐突に手を伸ばして私をギュッと抱きしめた。

「えっ？　あ……嵐さん？」

ドキッと心臓がジャンプする。

「こうして顔を見るまで気が気じゃなかった。きみの身になにかあるんじゃないかと心配で……」

話しながらも、嵐さんの腕の力がどんどん強くなる。心配していたというのは口先だけじゃないんだろう。

でも、この距離はちょっと近すぎやしないだろうか。ドキドキする反面、複雑な思いが渦巻く。

嵐さんは、愛のない相手でも平気で抱きしめられちゃうタイプなの？

父へのアピールの一環として、甘い態度を取ってくれているだけ？

声に出さずに問いかけているとどんどん胸が苦しくなり、私は思わずぐっと腕を突っ張って彼から離れた。

「紗弓？」

「あの、あまり優しくしすぎないでください。お土産くらいだったらありがたく受け取りますけど、こういうのは、その……」

「俺に触れられるのは迷惑？」

ストレートな聞き方だけれど、声は優しかった。ここで迷惑だと言えば、嵐さんは私の気持ちを尊重してくれるんだろう。以前、私の嫌がることはしないと約束してくれたから。だけど……それでは彼に嘘をつくことになってしまう。

私は決して、嵐さんに抱きしめられることが嫌なわけではないのだ。

「迷惑ではないから……困っているんです」

彼から目を逸らし、震える声でつぶやく。

「えっ？」

聞き返されると恥ずかしいやら気まずいやらで、頬が勝手に熱くなる。

説明しようにも、今の自分の気持ちをうまく言語化できる自信がない。

「すみません、ちょっと部屋でひとりになってもいいですか……？　ご飯はできてますので、先に食べていてください。まだ、温かいはずですから」

目を合わせないままそう言って彼の脇をすり抜けようとした瞬間、とっさに手首を掴まれて振り向かせられる。嵐さんが身を屈め、私の瞳を覗いた。心の奥まで見透かすように、ジッと。

「俺はこれからも妻であるきみを守ると同時に、この腕に抱きしめたいと思ってる。紗弓にとって、それは契約違反か？」

嵐さんの眼差しがいつもより熱い気がして、鼓動が高鳴った。

どうしてそんなに思わせぶりなことばかり言うのだろう。必死で認めないようにしている想いがあふれてしまいそうになる。彼にとって私はただの契約妻なのに……。

心の中がぐちゃぐちゃで、思わず睨むような目で彼を見上げた。

「私にばかり聞くのはずるいです。嵐さんこそ、どこまで契約だと思っているんですか？　父に認められるためならなんでもするんですか？」

「それは違う。香椎さんは関係ない」

「じゃあ、どうして……？」

そんなつもりはなかったはずなのに、彼を責めるような口調になってしまい、切なさと自己嫌悪で胸が苦しくなる。

肩で息をする私をなだめるように、嵐さんの手が髪に触れた。少し遠慮がちに、それでも慈しむように優しくなでてくれる。

「すまない。契約という言葉がきみを追いつめてしまったようだな。しかし……そんな言葉に頼ってしまったのには理由があるんだ」

「理由……？」

首をかしげると、嵐さんが静かにうなずいた。

「決して紗弓のことを軽んじているわけじゃない。心から守りたいし、こうして触れたいと思う。だけど、きみと出会うまで家族をつくる気がなかったのも事実で……このままきみに惹かれていいのかという迷い、それでもきみと夫婦になりたいという矛盾した感情の中で、つい契約結婚だなんてずるい提案をしてしまった。本当に中途半端で嫌なやつの言い分だと思う」

嵐さんは言葉を選びながら、ゆっくりと想いを語ってくれる。

中にはドキドキするような発言もあったけれど、手放しで喜べない。

嵐さんにはやはり心に抱えるなにかがあるみたいだ。結婚に対して慎重になってしまうような深い事情が。

だとしたら、私にできることは――。

「嵐さん……こんなこと言って、困らせたらごめんなさい」

私はそっと顔を上げて、彼を見上げた。

迷いの中で彼が提案してくれた契約結婚は、きっと仮面夫婦のような冷たい関係を指すわけじゃない。それなら私は勇気を出して前に進みたい。嵐さんが私を守りたいと思ってくれるのと同じように、私もあなたの助けになりたいから。

「嵐さんが、自分のことを〝嫌なやつ〟と表現する理由。あなたが話したくなるまで待つって、結婚する前は言いましたけど」

彼ときちんと向き合うと決めたのは自分だけれど、心臓がバクバクした。

だけど、彼をよく知る父や真路さん、それに杏里さんが背中を押してくれた。

本当の意味で嵐さんと夫婦になりたいのなら、幸せになりたいのなら、逃げてはダメだ。

「私、もう待ちません」

ジッと彼を見つめて宣言する。嵐さんの瞳が、儚げに揺れた。

「それはもしかして、別れようという意味――」

「違います！」

誤解されないよう、きっぱり否定する。

驚いたように目を見開いた彼に、ゆっくり語りかける。

「強引にでも、嵐さんから話を聞こうって決めたんです。今よりあなたを知りたいから……もっと直接、嵐さんの心に触れたいから」

もしかしたら、拒否されるかもしれない。それか、なにも聞かない方が傷つかなかったかもしれない。だけど、そんなふうに臆病になって、嵐さんとの未来をあきらめるのは嫌なのだ。こんなにもひとりの男性に心を動かされるのは初めてで、自分でも少し驚いている。

嵐さんは長いまつげを伏せ、目を閉じた。自分の心と対話しているかのように、長い間。

けれど、まぶたを開けた時にはもう、心を決めたように澄んだ目をしていた。

「俺も同じ気持ちだ。きみにまだ話していなかったこと、打ち明けるよ」

「ありがとうございます……」

「俺も、心のどこかで本当はずっと、紗弓に聞いてほしかったんだと思う。待たせてごめんな」

申し訳なさそうに眉尻を下げる彼に、微笑んで首を左右に振る。嵐さんはきっと、私と同じ。心の内をさらけ出す勇気がほんの少し足りなかっただけ。

まだ、彼の抱えているものの中身を知ったわけではないけれど、心の距離は一歩近づいたはず。そう思うだけでも穏やかな気持ちになれた。

「紗弓のおいしい手料理を前にして、暗い話をするのは気が引けるけど……」

私の料理にひと通り箸をつけ、一品ずつ「おいしい」とうなずいてから、嵐さんは改まって私を見つめた。

「大丈夫、私たちは夫婦なんです。これからも何度だって食事をともにしますから」

「……そうだな」

微笑みかけると、嵐さんは安心したようにうなずいた。

「両親を事故で亡くした話はしたよな」

「はい。たしか、嵐さんがフライトスクールにいた頃って」

「ああ。ちょうど、カナダに留学した最初の年の夏だ。俺がホームシックになっていないかと、両親は日本からはるばる様子を見に来ようとしてた。当時の俺はもう二十歳だったっていうのに」

過保護だと言いたげに苦笑する嵐さんだけど、そこにはご両親への愛情が透けて見えた。内心では、心配してくれてありがとうと思っていたに違いない。

「その時両親が乗っていた飛行機は、パシフィックスカイ航空714便。……紗弓も聞いたことがあるだろう？」

もちろん知っている。航空機が太平洋上に墜落し、乗客乗員の誰も助からなかったあの事故のことだ。今でも、事故を表す名称にはその便名が使われている。

〝パシフィックスカイ航空714便墜落事故〟——と。

まさか、嵐さんのご両親があの事故機に搭乗していたなんて。

「はい。私は中学生でしたが、連日事故の報道を見て胸を痛めていました。その時から航空業界に憧れていたので、かなりショックで……」

「俺もショックで、一度はパイロットへの道をあきらめようと思ったよ。事故直後は、訓練で操縦桿《そうじゅうかん》を握ろうとすると手が震えて、とても飛べる状態じゃなかった」

「無理もないです。ご家族があんな事故に巻き込まれていたら……」

当時のテレビには、海上に散った無残な航空機の姿が映し出されていた。

あれに、家族が乗っていたと知ったら……訓練も勉強も手につくはずがない。

日常生活を送ることもままならないほど、普通ではいられないだろう。

「でも、生前の両親は俺の夢を応援してくれていた。その期待に応えるのが一番の供養になると信じてどうにか気持ちを立て直し、訓練にも復帰して今の俺がある。だけど、両親を失った喪失感は心の隅にいつでもあって……」

伏し目がちに語る嵐さん。彼が抱えているものが少しずつわかってくるにつれ、胸が苦しくなった。

「大切な人を悲しませたくないなら、家族なんてものはつくらない方がいい。これからもパイロットを続けるならなおさら。いつの間にか自分の中にそんなルールができていたんだ」

家族はつくらない。その言葉に隠された意味が、今ならわかる。ご両親を一度に失った彼だからこそ、自分と同じ思いは誰にも味わわせたくなかったのだ。

「だけど……俺はきみと出会って、初めてルールに背こうとしてる。青桐に嫉妬して、とっさに結婚を申し込んだのがその証拠だ。あの時は衝動的だったかもしれないが、今は見つめれば見つめるほど、言葉を交わせば交わすほど、きみへの愛しさが募っていく。自分ではコントロールできないくらいに」

さっきは素直に受け取れなかった彼の気持ちが、今はちゃんと心の深いところに届いて、私の胸を熱くする。愛がないから契約結婚を提案されたのではなく、むしろ嵐さんが私を大切に想ってくれるがゆえの選択だったのだ。

「家族をつくることへのためらいがゼロになったとはまだ言えなくても、紗弓のそばにいたい。勝手かもしれないが、それが正直な気持ちだ」

愛おしそうな目をして、嵐さんが私を見つめる。

「嵐さん……」

『そばにいたい』のひと言に、胸が熱くなる。私が彼を知りたいと思ったのと同じように、彼もまた、葛藤の中で私に心を開こうとしてくれていたのだ。

今まで不確かだった気持ちが輪郭を帯び、嵐さんにまっすぐ向かっていくのがわかる。私……彼のことが、好きだ。

だからこそ、嵐さんが心から私と夫婦になりたいと思ってくれるその日を、彼の隣でゆっくり待ちたい。

「それだけで十分です。嵐さんが心に負っている傷は、簡単に癒えるものじゃない。胸を張って、本当の家族になろうって思えるまでは、私、契約妻でかまいません。今度はちゃんと、待ちますから」

彼の気持ちが軽くなるよう、最後は冗談めかして笑う。嵐さんはまぶしいものを見るように目を細め、それから優しい笑顔を返してくれた。

「ありがとう」

「いいえ。さ、ご飯が冷めないうちに食べちゃいましょう？」

「そうだな。久々の和食、実はかなりうれしいんだ」

嵐さんが箸を持ち直し、ひと切れのつくねと一緒にご飯を頬張る。

丸のみしたんじゃないかと思うほどすぐに飲み込んで「うまい」と口にする彼を見つめ、クスクス笑いながら思う。

好きな人が自分の手料理を食べてうれしそうにしてくれると、自分もうれしい。とても単純なことだけれど、母が父の好物を長年作り続ける理由が、私にもわかった気がした。


「……青桐が？」

食事の後、キッチンでふたり並んで食器の後片づけをしている時に、昇さんのことを相談した。嵐さんの抱える事情を知った今、昇さんが言っていた〝ほかの女性の影〟なんてハッタリだったのはあきらか。疑心暗鬼になる必要はないため、ありのままを伝えた。

「はい。これが送られてきたメールです」

先日送られてきたショートメールを見せると、嵐さんの表情が険しくなる。

「これは……かなり危険だな。俺も付き添うから、明日警察に行こう」

幸い、明日はふたりとも休みだ。私も早く安心したいので、「お願いします」とうなずいた。

「でも、どうしてすぐに相談してくれなかっ……いや、俺が中途半端な態度を取っていたせいだな。ひとりで悩ませて、本当に悪かった」

嵐さんが額に手をあてて、目を伏せる。

「いえ、言わないと勝手に意地になっていたのは私なので、こちらこそすみません。でも、嵐さんがいない間は実家に帰っていましたし、相談なら同僚に乗ってもらいましたから大丈夫ですよ」

「同僚って、男じゃないよな？」

「はい。同期の矢坂夏希って子です」

「よかった。深刻な話の最中に変な嫉妬をするところだった」

サラッと〝嫉妬〟なんて言葉を吐いた彼に、どきりとする。

彼がどんな顔をしているのか見ようと視線を上げると、甘い目をした彼と視線が絡む。不意に伸びてきた彼の指先が、頬をすりっとなでた。

「青桐には、今でも嫉妬してる。紗弓にこうして触れた日もあっただろうから」

切なげな眼差しに、胸が締めつけられる。どんな過去があろうと、今の私は嵐さんしか見ていないのに。

「でも、青桐は自分できみとの関係を壊したんだ。紗弓の心にも体にも、もう二度と触れさせない。……全部、俺のだ」

嵐さんはその言葉を体現するように、私の背中を引き寄せてギュッと抱きしめる。

彼の逞《たくま》しい胸に耳を押しあてたら、騒がしい鼓動が聞こえた。

耳を澄ませているだけで、愛おしさが増す。

「……嵐さんも」

「ん？」

「嵐さんも、私のです。誰にもあげません」

まるで、子どものワガママと同じ理屈。だけど、素直な気持ちだ。大人になっても、好きなものや大切な人をひとり占めしたい気持ちは、誰にでもある。だからこそ、最愛の人には包み隠さず、その気持ちを伝え続けたい。

「世界で一番、大切な人ですから」

「紗弓……ありがとう」

嵐さんは優しく微笑むと、私の頬に両手を添える。軽く顔を傾けた彼が、ふわりと唇にキスを落とした。

人って、体のやわらかい部分を触れ合わせると、どうしてこんなに相手が愛しくなるんだろう。キスをした途端に、嵐さんの存在が胸の中で膨らむ。

ゆっくり唇を離した後も、嵐さんはまだ足りないと言いたげに色っぽい視線で私を誘う。

「俺は紗弓のだから、いつでも好きにして」

「好きに……こう、ですか？」

ドキドキしながら、目の前にある薄い唇をそっと啄む。恥ずかしすぎて、かすめる程度にしか触れられない。

「そんなに遠慮がちなキスでいいのか？」

「えっ？」

「もっと、紗弓が欲しいだけ」

彼の低いささやき声に、体の芯がジンと疼く。だけど、羞恥に負けてパッとうつむいてしまう。

そんなに何度も自分からキスする勇気は、残念ながらまだないのだ。一度軽いキスをしただけでも、頬が熱くて仕方がない。

「真っ赤。かわいいからこっちを向いて」

「む、無理ですよ。今日はこれくらいにしましょう？」

「冗談言わないでくれ。今度は俺が好きにする番だ」

ドキッと鼓動が跳ねると同時に、彼の大きな手に後頭部を引き寄せられ、唇を塞がれる。

角度を変えて何度も、上唇を下唇とを分けて食んだり、ちゅうっと吸いついたり、嵐さんは夢中で私の唇を貪る。時折かかる吐息が熱くて、頭がくらくらした。

「紗弓、少し口を開けて」

「えっ……ん、ふぁっ……」

ちゅく、と音を立てて濡れた舌が侵入してくる。足もとがよろめいて、キッチンに腰がぶつかった。

「んっ、ううん……」

時折漏れる声が自分のものでないみたいで恥ずかしい。我慢しようと思うのに、嵐さんが巧みに舌を絡ませたり上顎をくすぐったりすると、勝手に甘い吐息と声が、熱くなった体の奥から押し出されてしまう。

「……止まれなくなるだろ、そんなとろけそうな目をされたら」

キスの合間、焦れたようにつぶやいた嵐さんが、激しく舌で口内をかき回して、私の唾液をすする。唇を触れ合わせるだけの時とは違う、すべてを暴かれてしまうような心もとなさと、むしろ暴かれてしまいたいという欲求がまぜこぜになって、胸が苦しくなる。

ただ、嵐さんにもまだ葛藤があるのだろう。どんなに激しい口づけを交わしても、決して一線を超えるような行動に出ることはなかった。その代わり、くすぶる欲求をぶつけるように、私たちは長い間濡れた音を立て、お互いの唇や舌を求め合った。

彼と親しい女性パイロット

予定通り、翌日は午前中からふたりで警察署に行った。

昇さんの一連の行動はストーカー規制法の中で定められた〝つきまとい等〟という行為に該当するため、警察から本人に警告をしてくれるそう。効果がない場合は警告より上の禁止命令が下され、それでもストーカー行為が止まらない場合は逮捕、という流れだそうだ。

担当してくれた女性警察官がとても親身になってくれたため、相談しただけでもかなり気持ちが楽になった。

「本人に警告が行くとはいえ、俺も警戒は解かないから。今後もなにかあったら必ず相談してくれよ」

「ありがとうございます。そうなった時は、嵐さんを一番に頼ります」

頼もしい笑みでうなずいた嵐さんにときめきを覚えつつ、警察署を出る。なにげなく腕時計に目をやると、もうすぐ昼の十二時だった。

「……ホッとしたら、なんだかおなかが空きましたね」

歩きながら、気の抜けた声を出す。嵐さんはふっと笑って私の手を握った。

「どこかでランチして、そのままデートにしよう。どこか行きたいところは？」

「嵐さんと一緒なら、どこでも」

「うれしいセリフだが、センスを問われてるようで緊張するな」

「本心なのに」

「もちろん、わかってるよ」

嵐さんがつないだ手をぐっと引き、寄り添った私の頭をなでる。こうした路上だって公園だって、毎日一緒に住んでいるマンションだって、彼と一緒にいられるならいつも幸せだ。

「じゃ、ご飯を食べながらふたりで考えましょう」

「それが一番だな。腹が減ってると、頭も働かない」

徒歩で繁華街に移動すると、街は来月に控えたバレンタインムード一色だった。

通り過ぎるショーウィンドウに飾られたハートやチョコレートモチーフの雑貨を見ているだけで、胸がわくわくする。

「嵐さんは甘いものが好きだって言ってましたよね。バレンタインのリクエストはありますか？」

「紗弓がくれるものなら、なんでも」

さっきの私のセリフをまねたのだろう。嵐さんはそう言ってから、「な？　結構困るだろ？」と苦笑した。私もうなずいて、クスクス笑う。

「見事に仕返しされちゃいましたね」

「でも、本心だというのは紗弓と一緒だ」

「もちろん、わかってます」

ふたりだけに伝わる会話で笑い合う私たちは、幸せな夫婦に見えるだろう。

今はまだ〝ごっこ〟の域を出なくても、こうして穏やかな日々を重ねて、嵐さんの本当の家族になっていきたい。

私たちはそれから偶然見つけたカフェで食事をした。おすすめはビーフシチューとのことだったので、ふたりで同じものを注文する。四人掛けの席で向かい合い、窓から入り込む冬のささやかな日差しを浴びているだけで、満ち足りた気持ちになる。

料理が運ばれてくるまでお冷で喉を潤しつつ、午後の予定を相談した。

「この後、映画を見るのはどうですか？　気になっているミステリー作品があって」

昔から、映画鑑賞や読書が好きだ。社会人になってからは、接客業をしていることもありいろいろな話題を常に頭に入れておきたいので、人気作は意識的に見るようにしている。

「俺も見たかった作品かもしれない。密室のやつだろ。原作読んだ」

「それです！　あの、ネタバレはやめてくださいね、私は未読なので」

「了解。紗弓が驚く顔が見たいしな」

話しているうちに料理がテーブルに届く。褐色のビーフシチューには生クリームが回しかけてあり、仕上げに振ってあるパセリの緑が鮮やかだ。

「カナダでは牛肉の代わりにトナカイの肉をシチューに入れたりしていた。意外とくせがなくておいしいんだ」

「トナカイ、北欧の方々も食べますよね。寒い国では重要なたんぱく源だから」

「ああ。肉を甘いジャムと合わせたりしてな」

トナカイといえば、サンタクロースの相棒。食べちゃうなんてちょっとかわいそうな気もするが、牛肉や豚肉だって同じこと。空港には多種多様な食文化を持つお客様がやって来るから、自分の勝手な偏見でものを考えないよう、日々気をつけている。

「そういえば、嵐さんはカナダのどの辺りにお住まいだったんですか？」

カナダとひと口に言っても、日本とは比べ物にならない国土面積だ。飛行機で飛ぶ距離も、必然的に長くなる。

「会社の拠点がバンクーバー国際空港だったから、マンションもそこで——」

「……嵐？」

その時、私たちのテーブルのそばで女性が彼の名を呼んだ。嵐さんは私の背後に視線を注ぎ、驚いたように目を見開く。

「……ノアか？」

「やっぱり嵐だ！　もう、せっかくソウルメイトと同じ会社に入ったのに全然会えなくて寂しかったんだから～！」

女性のはしゃいだ声に、思わず複雑な感情が湧く。

いったい誰？

同じ会社ということは、ブルーバードに勤めているってことだよね？

顔を上げて彼女の方を振り向くと、そこに立っていたのはエキゾチックな顔立ちの美女だった。両親のどちらかが外国人なのかもしれない。背が高く、細身のジーンズがよく似合うモデルのような体形だ。

彼女は胸まである緩いパーマヘアをかき上げると、私を一瞥して嵐さんに問う。

「嵐、この方は？」

「ああ、紹介するよ。妻の紗弓。先月結婚したんだ」

「妻……？」

綺麗な弓形をしたノアさんの眉が、ぴくりと震える。私はその反応に不穏なものを感じ取るが、嵐さんは気づいているのかいないのか、今度はノアさんを私に紹介する。

「紗弓、彼女はカナダのフライトスクールで訓練をともにした成沢《なるさわ》ノア。俺と同じパイロットだ。海外のLCCにいたが、今月からうちの会社に入った」

「は、はじめまして」

すごい、女性パイロットなんだ……。海外では活躍している人も多いと聞くけれど、日本ではそれほど浸透していないのが現実。ブルーバードエアラインでも、初めての採用ではないだろうか。

ノアさんがいかに努力してきたかを一瞬のうちにいろいろ想像して尊敬の念を抱き、私は深く頭を下げる。しかし、顔を上げた瞬間ぶつかったのは、ノアさんからの敵意たっぷりの眼差しだった。

戸惑っていると、ノアさんはぷいと私から顔を背け、嵐さんを見る。

「なによ嵐、結婚って。聞いていないわ」

「こうして顔を合わせた時に報告しようと思ってただけだ。そう怒るなよ」

「怒るに決まってるでしょ？　あなたが結婚なんかするわけない。嵐を理解できるのはこの私だけ。昔からそう決まってるんだからっ」

「ノア、落ち着けって」

ノアさんの剣幕に圧倒されていると、席を立った嵐さんが、なだめるように彼女の肩に手を置く。彼の手がほかの女性に触れているのを見たくなくて、私は思わず目を逸らした。

「俺は一生結婚しないって、あの言葉は嘘だったの？」

「ノア……。ほかのお客さんに迷惑になるから」

嵐さんは興奮するノアさんを静かに諭し、外に出ようと促す。テーブルから離れる時には私の肩にポンと手を置き、「すぐに戻る」と言い残した。

ふたりがいなくなると、店内のあちこちから集まっていた注目が興味を失ったようにパッと散るのがわかった。

取り残された私は、嫌でもふたりの関係に思いを巡らせてしまう。

同じフライトスクールで切磋琢磨した仲。嵐さんの方はそういう認識のようだけれど、ノアさんはまるで自分が彼の一番の理解者であるかのようだった。

ソウルメイト――あれってどういう意味なんだろう。

しばらく経つと店のドアベルが鳴って、嵐さんがひとりでテーブルに戻ってきた。

「驚かせて悪かった。それに、ノアの話には気分を悪くしたよな。ごめん」

「いえ。私は大丈夫ですが……ノアさん、かなり怒ってましたよね。彼女との仲を疑うわけではないのですが、普通の友達にしては嵐さんに執着していたような……」

「……友達。たしかに彼女との関係を表すには、少し軽すぎる言葉かもな」

ということは、友達以上の関係だった……？

昔の彼は家族をつくらないというポリシーを持っていたし、ノアさんにも結婚しないと宣言していたようだけれど、恋人をつくらなかったというわけではない？

ふたりの関係を邪推し始めると止まらなくて、胸がざわざわと不穏な音を立てる。

過去は過去。自分の恋愛経験ならそう割りきれるのに……相手のことは許せないなんて、勝手だよね……。

「誤解させるような言い方をしてごめん。友達以上といっても、決して彼女と深い関係だったわけではないよ」

「えっ……？」

私の不安を察したように、嵐さんが慌てて否定する。

しかし、深い関係ではないのに友達以上ってどういう意味なんだろう。

「実は、ノアの両親もあの事故で亡くなっているんだ」

彼らの意外なつながりに、思わず目を見張る。

「パシフィックスカイ航空の……？」

「ああ。そのことでノアとはよく話すようになって、フライトスクールの中でも、ほかの生徒とは違う仲間意識みたいなものがあった。家族を失った悲しみは訓練にぶつけて、お互い立派なパイロットになろうって。いつもそう励まし合ってた」

……ノアさんも、嵐さんと同じ心の傷を負っているんだ。

それでもふたりとも折れることなく、パイロットになる夢を叶えた。

彼らの間にあるのは、もしかしたら恋愛感情よりも強い絆かもしれない。

「だから当時『家族をつくらない』と言っていた俺に結婚報告をされて、彼女は裏切られたように感じたんだと思う。しかし、紗弓に再会してから俺は初めてその考えを変えたいと思った。ノアにもさっきそう説明したよ。簡単に納得はできないようだが」

ふたりとも望んで似た境遇になったわけではない。そんなことはわかっているけれど、私には知り得ない心の深い部分でつながっていると思うと、複雑な気持ちになる。

くだらない嫉妬。自覚があるのに止められない。

「そうですか……」

でも、恋愛とは違う信頼関係にある相手が結婚したら、普通は一緒に喜ばないだろうか。

そんなにかたくなに私を認めないのは、ノアさんの中に、嵐さんを男性として特別に思う気持ちがあるからじゃないの……?

「でも、理解してもらおうとするのはやめないよ。彼女は間もなく国内ライセンスへの書き換えを済ませて、一緒にコックピットに入る仲間だ」

「一緒に……」

あくまで仕事仲間として、だ。わかっているのにあえてそう言い聞かせてしまうのは、先ほどの彼女の態度がどうしても引っかかっているから。

「日常的に同僚として接していれば、俺と紗弓の関係は嫌でもわかるはずだ。だから、紗弓は心配しなくていい。俺たちの結婚を受け入れられるかどうかは、ノアの心の問題だから」

嵐さんは私を安心させようとしてくれているのだろう。明るく微笑んで、冷めたシチューでもおいしそうに食べ始める。

「ええ、わかりました」

私もスプーンを持つけれど、思考が悪い方へばかり転がっていき、食欲が出ない。

ノアさんがもし本当に嵐さんを恋愛的な意味で好きだったとしたら、できるだけそばにいてほしくない。

だけど、彼らはコックピットでふたりきりになる。地上でのオフィスで、同じパソコンを覗き込む。そして私の入っていけない、パイロット同士の会話をする。

……想像しただけで、嫌だ、と思う。嵐さんの大切な仕事に対してそんなことを思うなんて、幼稚すぎるのに。

彼に気づかれないようため息をついて、シチューを口に運ぶ。おいしそうだと思ったはずのそれはほとんど味のない液体に感じられ、ただ機械的に、胃の中へと流し込まれていった。

私は楽しみにしていた映画の間もどこか上の空で、気がついた時にはスクリーンにエンドロールが流れていた。嵐さんは夕食もどこかで食べようかと誘ってくれたけれどそんな気分にはなれなくて、『疲れたので帰りましょう』なんて、彼ががっかりするような返答をしてしまった。

気を使ってくれた嵐さんはマンションまでタクシーを使い、無理に会話を振ることもなく、私をそっとしておいてくれた。それでもシートの上では手を握り合い、絡めた指を時折愛おしそうになでられる。

嵐さんは優しいのに、私がひとりで拗ねているだけ。このままではどんどん自己嫌悪のループにはまってしまう。タクシーの窓に映った自分の顔を見つめ、しっかりしなさいと声に出さずに語りかける。

父と母、それに杏里さんや真路さんも言っていたじゃない。夫婦には、歩み寄りと努力が大切。悩みはひとりで抱え込まない。きちんと言葉で伝える、って。

なのに今の私は、ひとつも実行できていない。

「嵐さん」

ようやく彼に呼びかける勇気が出たのは、マンションに着いてから。

玄関を上がってすぐの廊下で彼を振り返り、その目をジッと見つめる。

「どうした？」

「あの……抱きついても、いいでしょうか？」

思った以上に力んだ声が出てしまった。顔も赤いだろうし、眉は頼りなく下がっているだろうし、たぶん今の私はとても不細工。

だけど、嵐さんの前ではカッコつけてばかりいられない。情けない自分をちゃんと見せられるのも、夫婦にとって大事なことだと思うから。

「いいに決まってる。おいで」

優しく目を細めた彼が、両手を広げる。私は頭でごちゃごちゃと考えるのをやめ、その腕の中にまっすぐ飛び込んだ。

嵐さんの逞しい腕が、私の背中を力強く引き寄せる。

温かくて、嵐さんのいい匂いがする……。

彼の胸に頬を寄せ目を閉じただけで、ずっとくすぶっていた嫉妬心が、小さくなっていくのがわかる。

「紗弓」

「はい」

「ノアのことが気になるんだよな？」

そっと体を離した彼が、気遣わしげに私の瞳を覗く。

ここで意地を張っても仕方がないので、首を縦に振って肯定した。

「……ごめんなさい。嵐さんはちゃんと説明してくれたのに、心がついていかなくて」

「謝らなくていい。言ったろ、俺だっていまだに青桐に嫉妬してるんだ。こうして自分の腕に抱いていても、離れたらきっとまたすぐに紗弓に触れたくなる。……こんなこと、ノアにもほかの誰にも思わない。紗弓だから、抑えがきかなくなるんだ」

「嵐さん……」

「だから、紗弓もよそ見をしないで俺だけ見ていてほしい。きみを待たせている身分でずるいかもしれないが、誰にも渡すつもりはないから」

彼はそう宣言すると、胸を焦がすほどの熱い眼差しで、廊下の壁に私を追いつめる。

それから両手を優しく壁に縫いつけて、唇を近づけてきた。目を閉じて、降り注ぐキスを受け入れる。

「ん、んっ……」

「そうやってかわいい声出すのも……とろけそうな目をするのも……」

話しながら、はむ、と私の上唇を挟んでおいしそうに吸ってみせる嵐さん。

チュッと鳴るリップ音が恥ずかしいけれど、心地よい感触にただ身を委ねる。

「俺の前でだけって、約束、な……」

甘い独占欲を垣間見せる彼に胸がきゅうっと締めつけられて、こくこくうなずく。

満足げに口角を上げた彼が、唇の隙間を縫って舌を差し込む。

「は……ふぅ、ん」

なんとなく、嵐さんのキスのやり方を覚えてきた私は、自分からも下手なりに舌を絡めたり、彼の吐息まで食べるように唇を重ねたりしてみる。ふたりの間で弾ける唾液の音が淫らで、キスをすればするほどもっと彼が欲しくなる。

気がついた時には膝に力が入らなくなっていて、へたり込みそうになる寸前に、嵐さんが「おっと」と腰を支えて抱き留めてくれた。

こつんと額を合わせ、瞳を覗かれる。

「……腰が砕けるほどよかった？」

「それは……言えない、です。恥ずかしすぎて」

「ま、顔を見ればわかるけどな」

嵐さんの手のひらが、頬をくすぐるようになでる。軽く頬を膨らませたらあやすように軽くキスされて、簡単に機嫌の直った私を彼がふっと笑った。

それから、また優しく抱き寄せられる。

「なぁ紗弓」

「なんですか？」

「バレンタインに欲しいプレゼント、思いついた」

彼の胸にくっつけていた顔をパッと上げる。

嵐さんの表情は名案を思いついたかのごとく、ちょっと得意げだ。

「ホントですか？　嵐さんが欲しいものなら、がんばって用意します」

「言ったな？」

軽く脅すような口ぶりに、急に自信がなくなってくる。嵐さんのためなら予算だって弾むつもりだったけれど、お金で買えるものとは限らないし……。

「もしかして手に入りづらいものですか？　たしかに、あと一カ月弱しかないから限定品とかは売りきれてるかも――」

「欲しいのは、紗弓」

焦り始めた私の耳に、彼の甘えたような声が飛び込んでくる。

一瞬なにを言われたかわからずにキョトンとしてしまったけれど、すぐにその意味を理解してかぁっと頬が熱くなった。

嵐さんが、私のこと欲しいって言った……？

「それはその、夫婦の営みを、する……ということでしょうか？」

一番オブラートに包んだ言い方はなんだろうと必死で頭を回転させたが、どんな言葉を使ったって内容は同じなので、挙動不審になってしまう。行為は初めてというわけではないけれど、好きな相手との初めての夜は、いつだって緊張する。恥ずかしいというだけじゃなく、お互いにとって特別なひとときにしたいから。

「もちろん、紗弓が嫌じゃなければの話だ」

「私は……」

自分の気持ちを確かめるように、手のひらが自然と胸の上に移動する。その手は激しい胸の高鳴りに合わせて震えた。

まだ、本物の夫婦だと胸を張って言えない状態なのに、いいのだろうか。でも、結婚前の恋人同士だって、愛を確かめ合うためにする行為なわけで……嵐さんをもっと知るために、そして、私をもっと知ってもらう方法としては悪くないのではないだろうか。うまくいけば、一気に距離が縮まるかもしれない。

それに……私の心には、もっとシンプルな感情がある。

――嵐さんが欲しい。今よりもっと近くで、彼を感じたい。

覚悟が決まるとすうっと息を吸い、挑むように彼を見つめた。

「嵐さんが望むなら……どうぞ、お召し上がりください」

恥ずかしすぎて、また変なオブラートに包んでしまった自覚はある。

だけど、直接的に誘うなんて私には無理だもの。言いきった後は真っ赤な顔を隠すようにして、深々と頭を下げた。

頭上で嵐さんがクスクス笑っているのが聞こえる。優しい彼のことだから、バカにしているわけではない……はず。

「ありがとう。ただ、自分から言い出しておいてバレンタイン当日は仕事だった気がするな。紗弓は？」

「え、と……か、確認します！」

動揺しすぎて、すぐに予定が出てこない。スマホが入ったバッグを探してキョロキョロすると、廊下の端で横倒しになっていた。バッグの所在もわからなくなるほど嵐さんとのキスに夢中だった自分が恥ずかしい。

「私は十四、十五と連休ですね」

「そうか……希望休でも出しておくんだったな。俺はたしかバレンタインの日から国内線乗務の連続で、最後のステイから帰るのは三日後だ。その後の週末はそのまま連休だけど」

「でしたら、私たちのバレンタインは週末にしましょうか。私は仕事ですけど早番なので帰りが遅くはなりませんし」

スマホのカレンダーを睨み、最善の日を提案する。

「了解。紗弓って回りくどい言い方が好きみたいだけど、今のはロマンチックでいいな。『私たちのバレンタイン』」

私の下手なオブラート発言に彼も気づいていたらしい。にっこり微笑んで、私の放ったフレーズを繰り返す。

「そうですか……？」

「ああ。お互いにとって大切な記念日にしないとって、気合いが入るよ」

「も、もしもがっかりさせてしまったらすみません」

私はごく一般的な体形で、胸が大きいなど取り立てて魅力があるわけでもない。

セックスの技術や才能にいたっては、まったくない気がしている。好きな人と肌を触れ合わせるのは心地いいけれど、前の恋人である昇さんとの行為では自分が〝彼が気持ちよくなるための道具〟になったような感覚が拭えなかった。

自信のなさからうつむいていると、彼の両手がそっと私の頬を包み込み、瞳を覗かれる。

「がっかりなんてするわけない。紗弓を今以上に深く知れることが、なにより幸せなんだ」

「嵐さん……」

「それに、きみを抱いたらこの想いにもっと自信が持てるような気がしてる。その時は、もう一度……」

する、と頬をすべり落ちた指先が、今度は私の手を取って薬指のある部分をなでる。

それが指輪を意識する場所だったので、ドキンと鼓動が鳴った。

「紗弓に改めて結婚を申し込むよ。契約だけのつながりじゃない、本当の家族になってくれと」

心を射るような強い眼差しに、胸が震える。

「はい……っ」

まだ、予告だけで本当に言われたわけじゃない。だけど嵐さんの心が少しずつ変わり始めているのはわかる。私たち、ちゃんと夫婦になろうとしてる……。

そんな実感に感極まって瞳を潤ませた私は、泣き顔を隠すように彼に抱きつき、愛しい香りを胸いっぱいに吸い込んだ。

傷だらけの羽を持つふたり

二月に入ってすぐの日曜日。中番の仕事終わりだった私と夏希を、嵐さんが友達とのご飯に誘ってくれた。

実は、夏希が出会いを求めていることを嵐さんに相談したら、紹介できそうな人物にひとり心あたりがあると言って、セッティングしてくれたのだ。

気取らないビストロの店内で、男女四人が向き合う様はまるで合コンのよう。加えて夏希がかなり緊張しているので、私までなんだかドキドキしてしまう。

メンバーが揃ったところでまず嵐さんが夏希に自己紹介し、それから隣の男性の番へと移った。彼は男性ながら〝美人〟と形容したくなる中性的で整った顔立ち。緩くうねるダークブラウンの髪はサイドや前髪が少し長めで、表情が見えづらい。

「広瀬琥珀《ひろせこはく》です」

そう言ったきり黙ってしまうので、私と夏希は顔を見合わせる。

苦笑した嵐さんが、広瀬さんの肩を叩いた。

「もうちょっと、なにかあるだろ。せめて職業とか」

「……航空管制官、してます」

チラッと私たちを見てそう言った後、また目を伏せてしまう広瀬さん。気まずそうにお冷のグラスに手を伸ばし、口をつける。

彼が羽田のタワーで働く管制官であることは、嵐さんから事前に聞かされていた。

ふたりの出会いも、パイロットと管制官たちの交流会でのことだったそう。

普段から広瀬さんの冷静かつ的確な無線指示に一目置いていた嵐さんから声をかけ、偶然同い年であったことから意気投合し、友人関係になったのだとか。

とはいえお互い忙しいので、ふた月に一度お酒を飲めればいい方だそうだ。

その話を聞いて、ほかの空港より滑走路の運用が複雑な羽田で次々に離着陸する飛行機をさばく、エリート系の航空管制官をイメージしていた。

しかし、目の前にいる彼からは、少々違う印象を受ける。

私と夏希が呆気に取られていると、嵐さんは困った我が子にそうするように、ポンポンと広瀬さんの頭を叩いた。

「ま、見ての通り人見知りなやつなんだ。管制の時は別人になるけどな」

「そんなことはない」

お冷から口を離した広瀬さんが、ボソッと反論する。

「嘘をつけ。無線からたまに舌打ち聞こえてくるぞ」

「それな……よく上司に怒られる」

かと思えば、しゅんと首をうなだれる広瀬さん。どうやら少し個性的な人のようだ。

「じゃ、じゃあ次は私たちの番ですね。私は露木紗弓です、そしてこちらは……」

「矢坂夏希です。紗弓と同じ、青い鳥ラウンジ勤務です」

居ずまいを正し、にこやかに微笑む夏希。キラキラとしたオーラが見えるほど気合いが入っているが、広瀬さんはチラッと一瞥しただけですぐに視線をテーブルに戻してしまう。

嵐さんが場を取りなすように咳払いをして、私たちに笑いかけた。

「広瀬がこうなのは、最初だけだから気にしなくていい。そのうちうるさいぐらいしゃべりだすから」

「そ、そうなんですね……」

半信半疑だが、夏希と目を見合わせてうなずく。やがて注文したワインが運ばれてきて、私たちは乾杯した。

それから三十分も経たないうちに、嵐さんの言葉が事実であったことを実感することになった。人見知りゆえの景気づけなのか、それとも単にお酒が好きなだけか、次々ワインを空けていく広瀬さんは、酒量に比例するように饒舌《じょうぜつ》になったのである。

「日本ではどの空港にある滑走路が一番長いか知ってますか？」

「いいえ。紗弓、知ってる？」

「たしか……成田《なりた》と関空《かんくう》だったような」

夏希と一緒になって、びくびくしながら広瀬さんを見る。

なぜか先ほどから空港に関するクイズ大会が開催されているのだが、不正解だった場合広瀬さんがとても不機嫌になるので、私たちは間違えないよう必死だった。

時折嵐さんが助けてくれようとするのだが、「露木は黙ってろ」とぴしゃりと言われてしまう。

「紗弓さん、正解です。正確に言えば、成田のA滑走路と関空のB滑走路。どちらも四千メートルあります」

微かに口角を上げてそう言った広瀬さんを見て、安堵した。

父の影響で、我が家には航空雑誌や旅客機の写真集、空港のガイド本などがあふれている。それらに小さな頃からなにげなく触れているので、多少の知識はあった。

長距離国際線などは重量が重くなるぶん、飛び立つために長い滑走路が必要になる。

逆に小型機は短い滑走でも加速できるため、小さな島の空港などは滑走路が短いのだ。

「それに比べて矢坂さん」

広瀬さんが穏やかな顔をしたのは一瞬で、すぐにまたとがめるような視線を夏希に向ける。夏希はビクッと肩をすくめた。

「ラウンジ業務に直接関係ないとはいえ、空港勤めのくせに無知ですね」

やれやれ、と言いたげにため息をつき、ワインに口をつける広瀬さん。

たしかに、先ほどから正解するのは私ばかりだ。けれど、それはたまたま私の父がパイロットだからで、私だって夏希と同じ立場なら、そこまで知識はなかっただろう。

「広瀬、また悪い癖が出てる」

嵐さんが窘めるように言って、広瀬さんの肩に手を置く。広瀬さんはハッと我に返ったように目を見開いた。

悪い癖って、どういう意味……？

「仕方ないだろ、こんなに好みの女性が目の前に現れたのは初めてなんだ」

「言い訳をするな。いい加減こんな自分を変えたいからと、俺に女性を紹介しろと頼んできたのはお前の方だろ」

「そ、それは……」

広瀬さんは血色のいい唇を噛み、子どもが親の機嫌をうかがうような上目遣いで夏希を見る。それから小さくため息をつくと、首をがくんとうなだれた。

「ひどいことを言ってすみません。好みの女性を前にすると、逆の態度を取ってしまう……それが、僕の悪い癖です」

好みの女性……？　それってもしかして。

隣を見ると、夏希は驚いた様子で口もとに手をあてていた。

「だから、今まであたり前のように女性には嫌われてきました。交際経験もありません。こんな僕が、女性を紹介してもらったからって急にうまくできるはずないですよね。せっかくまっとうな男との出会いを求めて来てくださったのに、すみません」

にぎやかな店内で、私たちのテーブルだけがしんと静まり返る。頭を下げたままの広瀬さんは、額がテーブルにくっついてしまいそうだ。

なにか言葉をかけたいが、夏希がひどいことを言われたのもあって、フォローの言葉が簡単には浮かばない。嵐さんの友達だから悪い人ではないのだろうけど。

「変わるつもりは……あるってことですよね？」

夏希が静かに問いかけた。迷子のように不安げな目をした広瀬さんが、顔を上げて彼女と視線を合わせる。

「さっき広瀬さんに『無知』って言われて、ショックだったけど本当のことだからそれほど傷ついてはいません。もちろん、そういう辛辣な物言いが毎日だったら落ち込みそうだけど」

夏希らしい、さっぱりとした考え方だ。

険悪だった空気が、夏希を中心に軽やかなものに変わっていく。

「私だって全然まっとうな女じゃないですよ。広瀬さんとは逆で、どちらかというと八方美人かも。そのくせ、結婚するなら顔も収入もいい人がいいなんて、自分のことは棚に上げて高望みをしてる、感じ悪い女です」

夏希は自虐めいた笑みを浮かべ、ワインに口をつける。そうして中身をひと口飲むと、ふうっと息をついた。

「でも、広瀬さんが自分を変えたいって思ってるなら……私も一緒に、感じ悪い女脱却、がんばってみようかな」

夏希の猫のような目がまっすぐ広瀬さんをとらえる。広瀬さんは頬を赤く染め、照れくさそうに夏希から目を逸らした。

「そ、それは暗に、僕のスペックが低いことを示唆して……？」

「ひーろーせ」

嵐さんが、広瀬さんを睨みつける。全然変わってないじゃないかと言うように。

「あ、ええと……なんでもありません」

バツが悪そうに肩をすくめる広瀬さん。

夏希がこらえきれずに噴き出した。

「あははっ。謝らないでください。そう受け取られても仕方ないです。まるで広瀬さんを利用するみたいな言い方しちゃってすみません」

「いえ……僕も同じようなものですから」

「で、どうしますか？　こんな女はやっぱりやめときます？　私はあなたに興味湧いてるんだけどな。無知な私にいろいろ教えてほしいし」

テーブルに身を乗り出した夏希が、にっこりと微笑む。

無知だと言われて根に持つどころか、広瀬さんとの関係を一歩進めるためのプラス要素に変えてしまう彼女に感心する。

「つ、露木……これは、どう答えれば正解だ？」

嵐さんの服を掴み、慌てて助けを求める広瀬さん。自信なさげに眉を八の字にする彼に、嵐さんが思わず苦笑した。

「なんで俺に聞くんだ。自分の正直な気持ちを言えばいいだろう」

「間違えたくないんだ。こうまで僕と真剣に向き合ってくれた人は初めてだから……」

不器用でも一生懸命な広瀬さんの話を聞きながら、思わず自分と嵐さんの関係に思いを馳せた。

私も嵐さんをもっと理解するために彼と向き合い続けると決めているけど、ノアさんの存在を知ってから、少し臆病になってしまう時がある。

あまり疑心暗鬼にならないよう気をつけてはいても、彼女が私と嵐さんの結婚を受け入れ、祝福してくれるシーンはまったく想像できないから……。

悶々としながらひと口ワインを飲むと、正面の嵐さんが「なぁ広瀬」と話しだす。

「完璧な答えなんて、どこにもない。俺だって、紗弓との結婚生活の中で、言葉の選択や態度を間違えてしまうことがある。だけど、その間違いばかり気にして相手との対話をあきらめてしまったらダメだ。後悔したら心から謝って、傷つけてしまったら、どうやってその傷を塞いでやれるか必死で考える。その繰り返しが、信頼を築いていくんじゃないか？」

嵐さんの言葉を聞きながら、私はどうして彼を好きなのか、今さらのようにわかった気がした。この間、ノアさんのことで不安になる私にすぐ気づいてくれたように、嵐さんはどんな時も私の心を理解しようと心を砕いてくれる。そして彼自身の心の変化も、ありのまま正直に伝えてくれる。

ご両親の悲しい事故と向き合い、大きな壁を乗り越えるようにしてパイロットになったのと同じように、〝家族はつくらない〟という心の呪縛を解き放つため、私との関係を一生懸命前に進めようとしてくれる真摯な姿が、いつだってこの胸を熱くさせるのだ。

「対話……そうだよな。僕に最も足りないことかもしれない」

ぐっと唇を巻き込み、嵐さんの言葉を噛みしめる広瀬さん。

次に彼が顔を上げた時には、その瞳に夏希をしっかり映していた。

「矢坂夏希さん」

「はい」

夏希はいくぶん緊張気味に、背筋を伸ばした。

「たぶん、僕は露木よりももっといろんなことを間違えてしまうと思います。だけど、あなたをあきらめたくありません。悪いところは必ず直す努力をしますから、お付き合いしていただけますか？」

人の告白に立ち会うのって、ドキドキする……。夏希の答えがなんとなくわかっていても、広瀬さんの想いが実りますようにと心の中で祈った。

「もちろん。喜んで」

やがて、夏希がそうハッキリと口にすると、広瀬さんの瞳が微かに潤む。

それからあふれだす感情がこらえきれなくなったように、ガシッと嵐さんの肩を掴んで揺らす。

「や、やった……露木、やったぞ……！」

「だから、俺じゃなくて矢坂さんと向き合えって言ってるだろう」

困ったように笑いつつ、嵐さんもうれしそう。その光景をクスクス笑う夏希の頬はほんのり赤くて、私も心の中で〝よかったね〟とつぶやいた。

食事会は十時頃にお開きになった。広瀬さんが夏希を送っていくことになり、店の前でふたりと別れる。付き合いたてのカップルらしくぎこちない距離で歩くふたりを見送っていたら、不意に夏希から広瀬さんの手を握った。

広瀬さんは派手にびっくりしてつないだ手を三度見くらいしていたが、やがてその手をコートのポケットに入れる。自然と目を合わせたふたりは甘い視線を交わし、ますます身を寄せ合って夜の街へ消えていった。

「あのふたり、うまくいきそうですね」

「ああ。広瀬のがんばりには、こっちまで勇気をもらえたな」

話しながら、タクシーの拾える場所までふたりで歩く。広瀬さんと夏希が結ばれた後で乾杯をし直し、私もワインをたくさん飲んでしまったので、少し足もとがふわふわする。

「紗弓、結構酔ってるだろ。危ないから掴まって」

嵐さんが、軽く曲げた腕を私の方へ差し出す。彼は本当に、私のささいな変化にすぐ気づいて助けてくれる。酔って難しいことが考えられなくなっている頭の中でも、単純に、彼のそういうところ、好きだなと思った。

「ありがとうございます」

そっと腕を掴ませてもらい、大きな体に身を寄せる。冬の寒さなんて一気に忘れてしまうくらい、心も体もぽかぽかと温まる。

「そういえば、次の土曜は両親の墓参りに行こうと思うんだけど、付き合ってくれるか？　月命日に紗弓と一緒に休めるのが初めてだから、両親にきみを紹介したい」

そういえば、次の土曜日は嵐さんと休みが重なっている貴重な一日。生理がかぶるから〝私たちのバレンタイン〟には提案しなかったけれど、ちょうどよかったのかもしれない。

月命日という大事な日に、ご両親に私を紹介してもらえる……。もしかしたら、広瀬さんと夏希を見ていて、嵐さんの中でまた心境の変化があったのかもしれない。彼との夫婦関係が一歩前進した証拠のようでうれしくなる。

「もちろんです。ぜひご挨拶させてください」

「ありがとう。海が見える場所がいいからと、鎌倉《かまくら》に建ててもらったんだ。少し遠いから、ドライブがてらのんびり行こう」

「はい」

笑顔で返事をすると、嵐さんが不意に身を屈めて顔を近づけてくる。彼の冷たい鼻先が頬をかすめた直後、唇に優しいキスが触れた。心の内側から、愛おしさがあふれてくる。

このまま、幸せになれるよね……。

嵐さんと本当の夫婦になれる日は目の前まで迫っているけれど、不安がすべてなくなったわけではない。心に引っかかっているのは、昇さんとノアさんの存在だ。

昇さんの件は、警察に相談してすでに二週間以上が経った。

警察からの知らせはとくにないが、昇さんからの連絡は途絶えているのですでに警告は出されたと考えていいだろう。

昇さんに関してはそれで解決かもしれないが、ノアさんは？

彼女は間もなく正式にブルーバードエアラインのパイロットになり、嵐さんと同じ制服を着て、コックピットの隣同士に座る。私には見ることのできない彼の横顔を独占するのだ。

プロのパイロットが仕事中に変な雑念を抱くはずがないのに、お酒に酔った私はそのあたりの分別がつかなくなっていた。

終わってしまった口づけをもう一度求めるように、嵐さんの腕をぐっと引き寄せ、背伸びをして唇を合わせる。嵐さんも抵抗せず、静かに目を閉じた。

だけど、ただ嫉妬をぶつけただけの不器用なキスが、焼け焦げるような胸の不快感を収めてくれることはなかった。

お墓参り当日の空は綺麗な冬晴れだった。

私は前日まで遅番、そして嵐さんはヨーロッパ方面への長距離乗務をこなしていたため、朝はゆっくり起きて昼前に出発し、ドライブの途中で昼ご飯を済ませた。

墓地の駐車場に到着したのは午後二時頃。高台の方にあり、階段を上った途中途中に、段々畑のように少しずつお墓が建てられている。階段を一番上まで上がりきると、相模湾《さがみわん》がよく見えるそうだ。

ここへ来る前に買った花と線香、ご両親が好きだったというお菓子を持ってしばらく階段を上がっていたら、ちょうど中ほどで嵐さんが「しまった」と声をあげる。せっかく持ってきたお墓の掃除道具をトランクに積んだままだったのだ。

「ごめん、俺が取りに戻るから先に行ってて。一番上の左手奥だから、すぐわかると思う」

「すみません、お願いします」

嵐さんと別れ、ひとりで階段を上る。人の気配はなく、風で草木が揺れる音だけが辺りに響いているのが、少し寂しげだ。

「ふう……」

長い階段を上りきると、少し息が切れた。

これしきで疲れるなんて情けない……。普段運動不足すぎるのかも。

気を取り直して、嵐さんが言っていた奥の場所を目指して歩き出す。

途中で、目的のお墓の前にひとりの女性が手を合わせていることに気がついた。花は新しいものに変えられ、線香の細い煙が空に立ちのぼっている。

あれは……。

目を細めて女性をよく見ようとしたその時、合わせていた手を下ろした女性がこちらを向いた。胸まである緩いパーマヘアが風にたなびき、エキゾチックで大きな瞳が私をとらえる。前に進もうとしていたはずの足が踏み出せなくなった。

「ノアさん……？」

小さくつぶやいたまま体をこわばらせる私に対し、彼女は大股で歩み寄ってくる。今、彼女はおそらく嵐さんのご両親のお墓の前にいた。目を閉じて両手を合わせ、彼らになにを伝えていたのだろう。

胸の奥でまた嫉妬に火がつくのを感じたが、それを押し隠し、目の前までやって来た彼女に頭を下げる。

「こんにちは……」

彼女から返事はない。いまだに私と嵐さんの結婚が納得できず、敵意を抱いているのだろうか。顔を上げる直前、ノアさんがフンと鼻を鳴らすのが聞こえた。

「なるほど。月命日に嵐のパパとママに会いに来て、いい嫁アピールってわけ」

嫌み全開の発言に、不快感が募る。思わず睨むように彼女を見つめると、ノアさんは蔑むような目で冷たく笑った。

「だけど、ご両親は空の上からいつだって嵐を見ているわ。あなたが汚い手を使って彼を誘惑したことも、きっと知ってる」

「汚い手なんて使っていません……！」

「使ったでしょう。そもそも、彼の一番の理解者である私の許可なく嵐に近づいたことが気に食わないわ」

「許可って……」

ノアさんは、彼の恋人でも家族でもないのに？　私にとっては彼女の立場の方がよほど納得できなくて、苛立ちが募る。

「紗弓さんって言ったかしら。あなた、ご両親は健在？」

「えっ？　……ええ。元気にしていますけど」

「それじゃ、私たちの気持ちが理解できるはずないわ。私も嵐も、あの航空機事故で一度に両親を亡くして、一生塞がらない大きな傷を心に負った。それでもパイロットになろうともがいて血の滲むような努力をして、やっと夢を叶えたの。嵐はもっともっと、世界で活躍するパイロットになる。それをあなたの浮ついた感情で、邪魔しないでくれる？」

言い返したいのに、ぐっと言葉に詰まる。

会いたいと思った時に両親に会える環境は、たしかにふたりより恵まれている。彼らの抱える悲しみを本当の意味で理解することは、どんなにがんばってもきっとできない。

だけど……同じ立場の者同士でなければ愛し合えないなんて道理はないはず。

私は自分を奮い立たせ、ノアさんに向けて口を開いた。

「あなたがどう思おうと、私が嵐さんに抱いている想いは真剣です。他人に浮ついた感情だと言われる筋合いはありません。もちろん、彼の仕事を邪魔するつもりもない」

「ふーん、そう。思ったよりも打たれ強いのね。じゃあ、私と嵐が近々フライトをともにしても、痛くもかゆくもないわよね。たしか、バレンタインの日よ。大阪《おおさか》にステイするの」

「えっ……？」

いつかはそんな日がくるとわかっていたが、面と向かって宣言されると身構えてしまう。

しかも、私とはうまく休みが合わなかったバレンタインをノアさんと一緒に……。

「私が説得すれば、嵐も昔の気持ちをきっと思い出してくれると思うの。家族なんてただのしがらみでしかない。私たちに必要なのは、自由に世界を飛び回るための技術と、同じ志を持った仲間だけだって」

「そんなことありません。家族の存在だってきっと彼の力に……っ」

一触即発のぴりついた空気の中、背後から足音が近づいてきた。

「紗弓、遅くなってごめん。下で管理人に呼び止められて——ノア？」

足音の主は、掃除道具一式が入った手桶を提げた嵐さんだった。私の背後で立ち止まり、ノアさんの姿に目を丸くしている。これまで私に冷ややかだった彼女の表情が、一瞬にして甘い媚を含んだものに変化した。

「嵐～、ごめんね急に。今年から嵐と同じ会社でパイロットしてますって、どうしてもご両親に報告したくって。お墓の場所はカナダにいる頃に聞いてたし、月命日にたまたま休めたから来ちゃった。ここへ来る前に、私のパパとママのところにも行ってきたわ」

私の入り込めないカナダでのつながりを引き合いに出されると、胸が引っかかれたように痛む。ノアさんはそれをわかっていて、わざとやっているのかもしれない。

「……そうだったのか。ありがとう」

彼女の供えた花や線香を一瞥し、嵐さんがお礼を言う。私は無言で複雑な気持ちに耐えた。

「どういたしまして。それじゃ、私は行くわ。今度のフライトでがっかりされないよう、事前準備しなくちゃ」

「そうか。気をつけて帰れよ」

「ありがとう。それじゃまたね、嵐」

ノアさんは私の存在など無視するかのごとく、嵐さんにだけ挨拶をして階段を下りていく。もっとも、挨拶をされたかったとも思わないけれど。

彼女の姿が見えなくなってもしばらく無表情で階段を見つめていたら、嵐さんが私の手を取る。なんとなく、私たちの不穏な空気を察していたようだ。

「また、なにか言われていたんだろう。ひとりで待たせないで、一緒に車に戻ればよかったな。ごめん」

「嵐さんのせいじゃありません」

彼はこんなに優しいのに、まだ胸がざわめいている。

ノアさんが彼に向ける好意に、どうしても友達以上のものを感じてしまうからだ。

彼女はソウルメイトだなんて表現していたけれど、あんなふうに独占欲をあらわにするのは、恋愛的な意味で私に嫉妬しているとしか思えない。

「紗弓。顔を上げて俺の目を見て」

嵐さんが、うつむく私の頬に手を伸ばしてゆっくり顔を引き上げた。ノアさんの宣戦布告で頼りなく揺れていた瞳に、嵐さんの力強い眼差しが刺さる。見つめているだけで、なぜか泣きたくなる。切ないくらいに、彼が好きだ。

「ノアには悪いが、花を取り換えよう。夫婦で選んだ花と、俺の大事な妻に敵意を向ける女性の選んだ花を両方供えるのは、いくらなんでも趣味が悪い。花に罪はないし少しもったいないが、両親もわかってくれる」

不安も、ノアさんへの嫉妬心もすべてくんだ上で優しく包み込んでくれる彼に、ささくれ立った心が凪《な》いでいく。それからふたりで墓前に移動し、掃除を始めた。

結局、花は私の意思でノアさんのものも残し、夫婦で選んだ花と一緒に供えることにした。

彼女が嵐さんに抱く想いと、ご両親を供養したいと思う気持ちは、切り離して考えるべきだと思ったから。それに私は、嵐さんが『花を取り換えよう』と言ってくれた、その気持ちだけで十分だったから。

香炉に線香を置き、そこから立ちのぼる煙の厳かな香りに包まれながら、私と嵐さんは順に合掌した。

私たちはまだ未熟な夫婦ですが、お互いを尊重し合うことだけは忘れずにともに歩いていきます。どうか温かく見守っていてください――。

閉じていた目を開けると、隣に立つ嵐さんから視線を感じた。見上げた先の彼は、どうしてか切なげな目をしている。

「嵐さん？」

問いかける私から、嵐さんはほんの一瞬、目を逸らした。気のせいかと思うくらいの間だったけれど、私の胸に微かな違和感が走る。いつでもまっすぐ私と向き合ってくれる彼なのに、らしくない行動だ。

「いや、なんでもない」

そう言ってすぐに穏やかな表情に戻ったけれど、「そろそろ行こうか」と背を向けてしまう嵐さんに、壁を感じた。どうして急にそんな態度になったのかわからないが、なんでもないというのは嘘だろう。

ご両親の事故のこと以外にも、まだ私に話していないことがあるのだろうか。

もしかしたら、またひとりで重い荷物を背負おうとしてる？

そういう時は私の方から歩み寄り、無理やりにでも彼の心をこじ開けろというのが先輩方からのアドバイスだ。恐れずに、彼の心に触れたい。

少し先を歩く彼の背を追いかけ、軽く足を速めたその時——バッグの中で、スマホが震える。

取り出して通知を見ると、登録外の番号からショートメールが届いていた。

軽く訝しむものの、前に昇さんから届いたメールの発信元である番号は受信拒否の設定をしてあるし、警察にも相談済み。

開いても怖いことはないはずと信じ、受信ボックスを開く。

【紗弓は露木にも警察にも騙されてる。やつの本命は成沢ノアだ。昇】

また、昇さんなの……？

〝警察〟というワードが登場していることから察するに、一度は警告を受けたらしいが、こりずに新しい番号を取得して連絡してきたようだ。

しかし、それほど執念深い昇さんへの恐怖より、今の私には上回る感情があった。

成沢ノア。私が今一番敏感になっている女性の名を目にして、落ち着いていたはずの嫉妬心が再びくすぶり始める。どうして昇さんがノアさんを知っているのだろう。

ノアさんがブルーバードに入ったのは、昇さんが退職した後なのに……。

画面を見つめてただじっとしていると、画面に追加のメール内容が表示された。

【彼女が昔書いていたブログを見つけたから、URLを送る。早く露木の本性に気づいてくれ】

読み終えてすぐ、宣言通りURLが送られてくる。

〜

ブログ……？　ノアさんの？

ショートメールで送られてくる怪しいＵＲＬにはアクセスしてはいけない。今どき小学生でも知っていることだが、誘惑に負けた私はおそるおそる、貼りつけられたアルファベットの羅列に指を伸ばす。

「紗弓？」

その時、至近距離から嵐さんの声がして、思わずビクッと肩が跳ねる。私がいつまでも追いかけてこないからか、心配そうな顔をした嵐さんが立っていた。

「すみません。仕事のメールで……」

とっさにそう口にし、昇さんからのメールを見られないようスマホを胸に抱いた。

「そうだったのか。こっちこそ急かしてごめん。ゆっくり返信して」

「……やっぱり家に帰ってからにします」

「いいのか？」

「はい。急ぎの内容ではないので」

何事もなかったかのように微笑みかけながら、嘘をついた罪悪感にちくちく胸を刺される。決して、今のメールを嵐さんに隠すつもりじゃない。でも、彼に相談する前に一度、自分の目で確認したいのだ。昇さんが知っているノアさんの情報について。

きっとまた、言いがかりのような内容に決まっている。それでも、先に見て安心してからじゃないと、落ち着いて話せないかもしれないから……。

自分を正当化するための言い訳とわかっていながらも、嵐さんになにも伝えないまま、スマホをバッグにしまった。

帰りの車の中では、疲れたふりをして目を閉じていた。あのＵＲＬの中身が気になって眠れるはずもなかったが、固くまぶたを閉じて嵐さんが運転する車に揺られる。

しばらく静かな時間が過ぎ、時計は見ていなくても、感覚的にもうすぐ家に着く頃だろうかと思う。そろそろ目を覚ましたふりをしようか、それとも着いたと言われてから目を開けようか。迷っていると、車がゆっくり止まる。

嵐さんが小さく息を吸うのが聞こえた。

「やっぱり、最初から……」

独り言、だろうか。

どこか沈んだ声が気になり、うっすらと目を開けようとしたその時だ。

「きみと深く関わるべきじゃ、なかったのかもしれない」

え……？

耳を疑うような言葉に、かつてない衝撃を受ける。

どういう意味？　私と関わったことを後悔してるの？

たしかに、最初こそ嵐さんは私との距離を悩んでいたけれど、少しずつ、心は近づいているって信じてた。彼はいつでも優しかったし、私に不安があれば、その原因をつきとめて、解決しようとしてくれた。

甘い口づけや抱擁にだって、きちんと心があった。

そうやって少しずつ信頼を積み上げてきたからこそ、今日はご両親のお墓参りに誘ってくれたんじゃなかったの……？

目を開けたら涙が滲んでしまいそうで、狸寝入りをしたまま、唇が震えそうになるのをなんとかこらえる。嵐さんの心が、また遠くに行ってしまったような気がした。

彼はそれ以上なにも語らなかったけれど、マンションの駐車場に車を止めた後、眠い目をこするふりをして涙を拭う私に言った。

「紗弓、悪いけど夕飯はひとりで食べられるか？」

「えっ……？」

どこへ行くんだろう。あんなセリフを聞いた後だから、私を突き離そうとしているのではと不安になる。

「少し、仕事で真路さんに相談したいことがあるんだ。墓地を出る前に連絡したら、返事がきていた。今夜なら時間をつくれると」

真路さん……。ということは、本当に仕事の相談……かな。

無意識に彼を疑っている自分が嫌になるが、相手がノアさんでなくてホッとしたのは事実だった。嘘をついている可能性もあるけれど……。

「わかりました。私なら大丈夫ですから、真路さんによろしくお伝えください」

「ありがとう」

嵐さんの大きな手が、ポンと頭にのせられる。それから優しく髪をなでられたけれど、スキンシップはそれで終わり。嵐さんはマンションには帰らず、そのまま真路さんに会いに行くと言って、徒歩で駅に向かっていった。

彼と別れてマンションの自宅に戻ると、電気もつけず、疲れきったようにリビングのソファに腰を下ろす。それからスマホを取り出し、ずっと開くのを我慢していたあのURLに今度こそ触れた。

パッと画面が白くなった後ブログサイトにつながって、ひとつの記事が直接現れる。アカウント名は『傷だらけの鳥たち』。ブログタイトルは、【いくらでも吐き出していいからね】だった。

日付を見ると、十三年前の九月に書かれた古い記事だ。ざっくりとそう計算した後で、西暦で示されたその年が特別な年であることに気づき、心がざわっと波立つ。

「事故のあった年……？」

九月ということは事故から二カ月が経った頃だ。

事故の事実も、それに伴う悲しみもまだ受け止めきれていないであろうそんな時期に、ノアさんが書き記したブログ……。

本当に彼女本人が書いたものかもわからないのに、その信用性を確かめることよりも、記事の内容を見たい好奇心に負けてしまう。指をすばやく動かして、本文を目で追った。

【Aの訓練は今日もコワいくらい完璧。事故直後は飛べなかったけれど、今は全然平気な顔をしてる。空を飛んでいる時はそのことにだけ集中できるからいいみたい。その気持ちは、私にもよくわかる】

Aとは嵐さんのことだろう。悲しみの中でも過酷な訓練に立ち向かう過去の彼を想像し、胸が締めつけられる。彼も、そして同じように事故でご両親を亡くしたノアさんも、訓練だけが救いだったのだろう。

【だけど、訓練の後のAはいつも荒れちゃう。それがわかってるから、ひとりにしたくない。だから今日も、私の部屋に一緒に帰ってきて、傷だらけの羽を重ねたよ。こうして慰め合うことができるから、私たち、男と女でよかったって、思う】

――ドクン。

鼓動が一度大きく鳴って、私の中の暗い暗い感情が今までで一番膨れ上がっていく。

傷だらけの羽。慰め合う。男と女でよかった――。

公序良俗、というものを考慮しているのだろうか。ブログの中では、決して直接的な表現はされていない。だけどこんな書き方、ふたりがまるで……。

これ以上読みたくない。そんな気持ちに反して、勝手に動く指が画面をスクロールさせる。

【暗い部屋でふたりきり、命綱に掴まるみたいに抱き合っている時だけ、私は生きてるって感じられる。恋とか愛とか、そんな陳腐な感情じゃない。私たちは、私たちにしかわからない悲しみを共有する同士。こういうのを、ソウルメイトっていうのかな】

命綱……。ふたりのつながりを私はもう少し、軽く考えていた。私はまだ、彼と〝羽〟を重ねていない。男と女でよかったと、ノアさんの言うような意味で実感できてはいない。

だけどこのブログの内容が本当なら、ノアさんはやっぱり婚姻届一枚の契約でつながっている私なんかよりも、嵐さんにとってかけがえのない存在なの……？

　想像したくないのに、暗い一室で抱き合うふたりのシルエットが脳裏に浮かぶ。ノアさんの文章がやけに詩的であるせいか、映画のワンシーンのように美しい光景として、勝手に思い描いてしまう。

　潤む視界の中で、それでもまだブログを読み続けていると、最後に一枚の写真が載せられていた。このブログが本人のものでなく、昇さんが捏造したものだというわずかな期待も、その写真によって打ち砕かれた。

　プロペラ付きの小型飛行機の前で、ノアさんと嵐さんを含む若い訓練生たちが五人で並んだ写真。とうてい偽物には見えない、嵐さんの自然な笑顔がそこにはあった。

　震える唇の隙間から、涙交じりの熱い吐息が、はぁっとこぼれる。

　このブログを読んだ後では、さっき車の中で嵐さんがつぶやいた言葉にも、ノアさんが関係しているんじゃないかと思えてならない。

　本人に聞かなければ真相はわからないのに。夫婦は話し合いが大事だと、あれほどみんなから言われているのに……。

　次から次へと湧いてくる妄想が、私を不安にさせる。

「嵐さん……」

ここにいない彼の名を呼ぶ。口に出して呼ぶだけで、彼を愛おしく思う。

ノアさんにも退けない理由があるかもしれないが、私だって、嵐さんへの気持ちをなかったことにはできない。

嵐さんがいくら『関わるべきじゃなかった』と言っても、私たちは関わってしまった。私はあなたを好きになってしまった。

本当の夫婦になることも、私はまだあきらめたくない。昇さんと別れた時のように、なんとなく彼とはもうダメだと決めつけて、その流れにただ身を任せるような終わり方にはしたくない。

「負けないいん、だから……っ」

深呼吸をして、立ち上がる。なにか、おなかに入れよう。

腹が減っては戦はできない。

彼女を愛し、見つけたもの――side嵐

「なるほど。紗弓さんが手を合わせている目の前のお墓が、もし自分のものだったら……思わず、そんな想像をしたんだな」

「はい。傲慢な考えかもしれませんが、彼女に自分を失わせたくない。そう思ってしまって……。せっかく彼女と本物の家族になろうとしていた気持ちに、今、セーブがかかっている状態なんです」

薄暗いバーのカウンターで肩を寄せ合うのは、先輩機長である真路さんだ。間もなく四十歳になるとは思えない、若々しい容姿をしている。

香椎さんが鬼なら、真路さんは仏。いつも穏やかに後輩パイロットたちを導いてくれる、頼もしい存在だ。

先月、彼とベテランCAの涼野さんとで香椎さんの家を訪れ、ささやかな新年会をしたらしい。その時実家に帰っていた紗弓とも会って、俺たちの結婚生活についても話をしたそう。

後日真路さんからその話を聞くとともに、『香椎さんの娘に粗相があったら大変だから、結婚生活の悩みがあったらいつでも聞くよ』と言われていたのだった。

真路さんは社交辞令で言ったかもしれないが、ほかに相談できる適当な相手といったら広瀬くらいしかいない。しかし、彼は今紗弓の友人である矢坂さんと付き合っているので、結婚生活のことは相談しづらかった。

真路さんにプライベートの相談を持ちかけるのは初めてだが、きっと真面目に俺の悩みを受け止めてくれる。そう思って、今の心境を打ち明けることにした。紗弓に仕事のことだと嘘をついたのは、申し訳ないと思っているが……。

「露木はさ、どうしてパイロットになったの？」

口をつけていたウィスキーグラスをカランと鳴らし、真路さんが俺に問いかける。

その優しげな眼差しには、俺がどんな答えを口にしても受け止めてくれるだろうという、絶対的な安心感があった。

「それは……自分と両親の昔からの願いでしたし、両親が亡くなってからは、自分と同じ思いをする人をできるだけ減らしたくて」

自分の家族が、ある日突然帰らぬ人となる。毎日大勢の人が利用する、安全と信じていた乗り物で。

酸素マスクと救命具を身につけていたとしても、高度一万メートルの空から落下していく時、どんなに怖かっただろう。痛くはなかっただろうか。せめて、機体が海面に叩きつけられる前に、意識を失っていてくれたら。

考えても仕方がないとわかっていても、事故のさなかの状況を想像しなかった遺族はいないはずだ。……かつての俺のように。

しかしそんな残酷でやるせない想像など、もう二度と誰にもさせたくない。

「そうだよな。つまり、ほかの誰でもなく自分の手で安全運航を実現したいってことだ。パイロットなら誰でも持っている気持ちだけど、露木の場合はそれが人一倍強い」

「はい。その通りだと思います」

「それと同じくらい強い気持ちで、フライトのたび、ちゃんと無事に紗弓さんのところへ戻ろうって、そうは考えられないか？」

俺は傾けていたグラスを戻し、考える。自分の手で、飛行機を安全に飛ばし、また同じ場所へ帰ってくる。……紗弓のもとへ。もちろん、そうしたい気持ちは山々だ。

だけど、万が一のことがあったら――。

家族を失った身としては、どうしても最悪の想定をしてしまう。

真路さんは長いこと沈黙する俺を一瞥し、気持ちを軽くするようにふっと笑う。

「難しいか。実際に事故で肉親を失っている露木には、きっとそう思えるまでにいくつものハードルがあるんだろうね」

「ハードル……そうかもしれません」

そもそも、特定の女性を想うことを俺は意識的に避けてきた。だから、紗弓との初対面では彼女への淡い好意を胸にしまっておくだけにとどめたのだ。

結局は再会とともに彼女に惹かれ、ハードルをなぎ倒すようにして結婚まで申し込んだわけだが……その後も、紗弓は一つひとつ、俺がハードルを越えるのを待ってくれている。

なのに俺は今、最後のひとつを前にして立ちすくんでいる。優しくて人の気持ちを思いやれる紗弓は、きっと俺の態度の変化を察しているだろう。

早く安心させてやりたいのに……俺はまた〝嫌なやつ〟に成り下がっている。

ハッキリとした答えが出せないのに本能のまま紗弓に甘い言葉をかけ、触れたい気持ちを我慢できない、中途半端な男に――。

「そういえば、露木は成沢さんと同じフライトスクール出身だっけ？」

自己嫌悪に陥る俺に、真路さんがふと問いかけてきた。日本の航空会社全体で見ても、女性パイロットは稀有《けう》な存在。そんな中でブルーバードエアラインの女性パイロット第一号として入社したノアは、社内で注目の的だった。

「はい。留学先のバンクーバーで一緒でした。卒業後は別々の航空会社に勤務していましたが、まさか日本でまた一緒に仕事をすることになるとは」

「彼女には気をつけた方がいいかもしれない」

「えっ？」

思わず、眉根を寄せて真路さんを見る。グラスをコトンとカウンターに置いた彼は、周囲をぐるりと見回して、俺に身を寄せた。普段は穏やかな瞳が、鋭く細められる。

「彼女が青桐と会っているところを見た副操縦士がいるらしい」

青桐――。まさか、ここで名前が登場するとは思わなかった。最近は紗弓にも連絡していないようだし、さすがに反省したものと思っていたが……。

「どうしてふたりが？」

「わからない。しかし、青桐はかなり露木に執着していただろ。だから、成沢さんからなにか過去の露木の情報を聞き出そうとしているとか」

「そんなに有益な情報はないと思いますが……」

ふたりの目的はわからないが、嫌な予感がする。

紗弓への未練を断ちきれずにいる青桐と、俺の結婚を知り腹を立てているノア。目的は違っても、もし協力関係になったとしたら厄介だ。

「ノアにそれとなく聞いてみます。紗弓にも、青桐をまた警戒した方がいいと伝えないと」

「ああ、ストーカーの件か。香椎さんに聞いてる。青桐も堕ちたものだな」

「ええ……本当に」

青桐が直接ラウンジに現れたあの日のことを思い出すと、今でも腹立たしい。

仕事中にたまたま通りかかったターミナルで、ラウンジに迷惑客が来ているという話が、耳に入ってきた。レセプションの女性に絡んでいる男がいるのだと。

まさかその被害者が紗弓だとは思いもしなかったが、非力な女性を狙う男というのは、体が大きかったり、権威のある男性の前では別人のようにおとなしくなる。

幸い俺は上背《うわぜい》があるし、パイロットの制服姿で出ていけば少しは効果があるだろうと思い、ラウンジに向かった。

そこで目にしたのが、怯《おび》えきった紗弓に迫る元同僚、青桐の姿だった。その時俺の中に湧いた感情は、正義感より嫉妬心の割合の方が大きかったと思う。

前日のアフタヌーンティーでも少なからず紗弓に惹かれてはいたが、彼女との関係を始めてはいけないと自分を制していた。

しかし、青桐に言い寄られている紗弓を目にし、彼女を困らせるような電話をかけてくる元恋人というのも彼だったのだと頭の中でつながったその時、本能が理性を凌駕《りょうが》した。

──汚い手で彼女に触るな。

全身の血液が沸騰《ふっとう》するような怒りを覚えるとともに心の中でそうつぶやき、ふたりの間に割って入る。婚約者だと言ったのは青桐をけん制するための方便だったが、口に出した後で、本当にそうであったらいいと願う自分がいた。結婚なんて一生縁がないと思っていたのに、青桐に取られるくらいなら彼女を俺のものにしてしまいたいと思ったのだ。

両親を失ってから初めて、ひとりの女性に執着を覚えた瞬間だった。

その衝動に従うように彼女と結婚したが、自分が家族を持つことに複雑な思いが伴うのも事実。心の中で相反する感情をごまかすため、契約結婚であることを強調した。

それでも同じマンションで生活していると、ふとした瞬間、紗弓への想いがあふれてしまう。

そばにいれば抱きしめたいし、キスだってしたくなる。その先を求めて昂る欲情をこらえた夜も、一度や二度ではない。

素肌を合わせて抱き合い、愛してると告げられたらどんなにいいだろう。バレンタインの日に紗弓が欲しいと言ったのも、我慢の限界が近いからだった。

それなのに、今日両親の墓の前で手を合わせてじっと目を閉じる彼女の横顔を見ていたら、また迷いが生まれてしまった。さっき真路さんに話したように、紗弓に俺を失わせたくないと、そう思ってしまったのだ。

「誰のことも悲しませたくないなら、やっぱり家族なんて持たない方がいいんでしょうか……」

振り出しに戻ったように、つい弱気な発言が口から出る。明日は乗務が入っていないからと、少し飲みすぎたかもしれない。

「それは違うだろ」

真路さんが、ほとんど間髪をいれずに言う。

「どうしてですか？ 家族をつくらなければ、どんな事故に遭おうと一匹狼のようにひとりで最期を迎えられ――」

「お前が死んだら俺は悲しいよ、露木」

小首をかしげてこちらを見つめる真路さんは、少し寂しそうな目をしている。胸の辺りに、小さな痛みが走った。

「香椎さんも杏里さんも、ほかのクルーもみんな悲しむ。お前がいくら孤独になろうとしたって関係ない。俺たちの胸の中に、露木嵐という人間はもうあたり前のようにいるんだ。おそらく紗弓さんの中では、もっと大きな存在としてお前が生きてる」

真路さんの力強い言葉は、心の深いところに落ち、染み渡っていく。

俺が、いくら孤独になろうとしても関係ない……。今さら関わりを絶とうとしたって、紗弓の中にはもう俺がいる。家族だとかそうでないとか、俺たちの関係性につけられた名前なんてどうだっていいのだ。

……なぜ、俺はそんなあたり前のことに気づけなかったんだろう。

逆の立場だったら、この胸の中から紗弓を追い出すことなんて、決してできやしないのに。

「真路さん、ありがとうございます。……俺、帰ります」

紗弓の顔が見たい。彼女を見つめ、俺はもう迷わないと伝えたい。

「ああ、それがいい。紗弓さんもきっと待ってるよ」

お礼の代わりに会計は俺が払い、バーの扉を押す。

外に出た瞬間息が白くなるほど気温は低かったが、あふれんばかりの紗弓への想いが胸の内で燃えているせいか、不思議と寒さは感じなかった。

タクシーでマンションに帰りつき、玄関に入ったところで「ただいま」と声に出す。しんとしている廊下で、腕時計を見る。午後十一時半を過ぎたところだ。もしかしたら先に寝ているかもしれない。

最初にリビングを覗いたものの紗弓の姿がなかったので、彼女の部屋をノックする。返事がないので静かにドアを開けると、ベッドは綺麗なままだった。

「紗弓……？」

トイレやバスルームもひと通り見たがどこにも彼女がおらず、少し不安になる。玄関に靴はあったから、いるはずだが……。

スマホを取り出し、紗弓の番号に電話をかけてみる。すると、なぜか俺の部屋から着信音が聞こえてきた。

いったん電話を切り、自分の部屋を覗く。

すると、部屋の中央にあるベッドの中で、紗弓が体を丸めてスヤスヤ眠っていた。

「……こんなところにいたのか」

姿を見つけてホッとしたところで、ベッドに歩み寄る。彼女を起こさないよう、そっと端の方に腰かけた。

横向きに眠る彼女の顔をよく見たくてベッドサイドのランプをつけると、紗弓がなにか抱きしめていることに気づく。

俺が朝脱いで、ベッドに放っておいたスウェットだ。

まさか、俺が出かけてしまったから寂しくて、この部屋のベッドで、俺の服を抱きしめて寝ているのか？

かわいすぎる行動に、胸の奥がキュッとつねられたように痛む。本当に、真路さんの言っていた通りだ。彼女の中でこんなにも、俺の存在は大きなものになっている。

「俺も同じだ、紗弓」

最初から関わるべきじゃなかったなんて、バカなことはもう思わない。

紗弓がそばにいてくれることが、なによりの幸せだから……きみを愛さない人生なんて、もう考えられない。

本当は起きている彼女に伝えたかった言葉を、安らかな寝顔に向けて胸の内でつぶやく。

それから頬にかかる髪を耳にかけ、身を屈めてそっと唇を重ねた。

酒を飲んだせいか、翌日は昼近くまで惰眠を貪ってしまった。

スタンバイという、自宅にいてもほかのパイロットの急病などに備えいつでも出勤できるようにしておくシフトの日もあるが、今日は純粋な休日。なのでどれだけ寝ていても問題はないが、紗弓はたしか遅番だったはず。

帰るのは夜遅く、俺は明日のフライトに供えて寝ているはずだからすれ違いだ。寝ぼけた思考でそこまで考えて、ハッとする。朝のうちに話ができればと思っていたのに、なにをゆっくり寝ているんだ。

ガバッと身を起こすと、当然ながら隣で寝ていたはずの紗弓の姿がない。しかし玄関の方で物音がしたので、慌てて部屋を飛び出した。

「紗弓」

「あっ、おはようございます嵐さん」

すでに出勤準備を済ませた紗弓が、パンプスに片足を入れている。寝坊した自分を殴りつけたくなった。

「本当はもっと早くに起きて話がしたかったが、もう時間だよな」

「えっと……そうですね。三分くらいなら、大丈夫ですが……」

腕にはめた女性用の華奢な腕時計を見て、紗弓が言う。

三分。ゆうべ真路さんと話した内容を語るには、さすがに足りなさすぎる。しかし、なにも伝えないまますれ違いの生活に突入するのももどかしい。

考え込む俺を不思議そうに見つめる紗弓。その愛らしい表情を見ていたら自然と体が動き、彼女の体をギュッと抱き寄せていた。綺麗に結われた彼女の髪から、ふわりと甘い花の香りがする。

「あ、嵐さん？」

「好きだよ」

そっと体を離し、彼女の目をしっかりと見つめる。

「えっ？」

「世界で一番愛してる。俺のかわいい奥さん」

「えっ、あの、ちょっと……っ」

戸惑いながらも頬を真っ赤にする紗弓。時間がないので説明は省いたまま顔を近づけ、つやつやと濡れた唇にキスをする。

「んっ、ふっ……ぁっ」

角度を変えて唇を重ねると、驚きでこわばっていた紗弓の体から、だんだんと力が抜けてきた。すがるように俺の服にキュッと掴まり、キスに応えてくれる。

「あと何分だ？」

「わ、わかんな……ん、んっ」

彼女を思いきり愛していいと自分に許したからだろうか。

今まで以上に彼女の唇や舌、唾液が甘く感じられ、残り時間をなんとなく意識しながらも、最大限気持ちが伝わるよう、何度も彼女との口づけを味わう。時折紗弓がこぼす悩ましい吐息が、際限なく恋情を募らせていく。

「……そろそろ、時間切れか」

そうつぶやき、彼女をキスから解放する。紗弓はまだ熱に浮かされたような目をしていたが、今一度腕時計を確認し、キュッと唇を引きしめる。

「今のキスの理由も、愛してるだなんて急に言ってくれた意味も……時間のある時にちゃんと、説明してくれますよね？」

「ああ。どんなに言葉を尽くしても伝え足りないと思うが、必ず」

彼女の目の前に、約束を交わすための小指を差し出す。紗弓もか細い小指をそこに絡め、うなずいてくれた。

「わかりました。本当は今すぐ聞きたいですが、我慢して行ってきます」

「気をつけてな。防犯ブザーをちゃんと持って……そうだ。最後にひとつだけ」

フライトで家を空ける前に、これだけは伝えておかなくては。

「青桐とノアが接触してるらしい。目的は不明だが、警戒しておくに越したことはないだろう。俺がいない間は実家に帰った方がいいかもしれない」

「昇さんとノアさんが？」

紗弓が驚いて瞠目《どうもく》する。しかし、直後に腕時計を一瞥した彼女は「もうこんな時間」とつぶやき、軽く手を上げる。

「すみません、もう行きます。明日からのフライトもどうかお気をつけて」

「ああ、ありがとう。行ってらっしゃい」

玄関の扉が閉まり、紗弓の軽やかな足音が遠くなっていく。俺はまだ軽く残っている眠気を飛ばすため、コーヒーを淹れようとキッチンへ向かった。

二日後、昼からの国内線フライトに合わせ出勤準備をし、出かける前に紗弓の部屋を覗いた。遅番上がりの紗弓はまだベッドで眠っており、軽くキスをして「行ってきます」と告げる。今日と明日、彼女は連休なので、実家に戻ってゆっくり羽を伸ばしてくれたらと思う。

空港に着くと、制服に着替えてフライト前のブリーフィングを行うオフィスに向かった。

今日は羽田～福岡《ふくおか》間を一往復した後、大阪の伊丹《いたみ》空港へ飛んでそのままステイ。

国内線乗務の日は、国際線の長距離フライトとはまた違う、目まぐるしい一日を過ごすことになる。可能な限り時間通りの運航ができるよう、気を引きしめてかかろう。

集中力を高めるために一度小さく深呼吸をしてから、オフィスに足を踏み入れた。

ペアとなる副操縦士と顔を合わせ、フライトプランを作成した運行管理者も交えて必要な情報を確認し合う。

今日の副操縦士は新人らしく、緊張でガチガチになっていた。

「到着時の福岡空港は雨に加えて北風も強そうですね」

雲の流れを予想した映像を眺め、副操縦士が難しい顔をする。

「ああ。ビジュアルアプローチできない場合は、ＩＬＳ《アイエルエス》アプローチになるだろう。経路を変えて南下しなければならないが、管制の指示に従えばいい」

空港やその他の目標物を目視できない場合、滑走路から発せられる電波の誘導によって進入する方法を取る場合がある。その無線装置をＩＬＳと呼ぶ。

福岡空港は、滑走路一本あたりの発着数が多い日本有数の多忙な空港。他機と離着陸のタイミングが重なり空港上空が渋滞するなんてこともあるので、着陸時のアプローチがスムーズにできるよう、ブリーフィングも自然と念入りになる。

「ぼ、僕、今まで晴れの日しか福岡空港にアプローチした経験ないんですよね……」

「だったらちょうどいい。往路はきみがやれ」

「えっ」

副操縦士が頼りない声を出す。下がった眉も完全に〝不安です〟と訴えており、少々あきれそうになる。そんな逃げ腰では、パイロットとして成長できないぞ。

ふと、俺は青桐のことを思い出した。彼もまたこの副操縦士と同じで、天候や機材の状態に少しでも危険な要素がある時、機長から操縦を任されることを嫌っていた。

副操縦士だからこそ、経験を積ませる意味であえてやらせてくれていたというのに……機長の前で慌てたりミスをしたりする姿をさらしたくなかったようだ。

本当に、昔からプライドだけは人一倍高いやつだった。

「あのっ、露木キャプテン」

「ん？」

「僕、やります。やらせてください」

どうやら、副操縦士は覚悟を決めたようである。強い眼差しで俺を見つめる姿は、さっきと別人だ。

「ああ、頼むよ。だけどもう少し肩の力を抜け。隣には俺がいるんだ。ひとりで完璧に飛ばそうなんて思わなくていい」

「はいっ。よろしくお願いします……！」

「シミュレーター訓練では、悪天候の難しい着陸を何度も経験しただろう？　自信を持て」

　ポンと肩を叩くと、副操縦士の表情がふっと緩む。フライトに臨むにあたってある程度の緊張感は大事だが、同じくらいリラックスするのも大事。うまく力を抜いてやれただろうか。

　敬愛する香椎さんや真路さんに比べたら、後輩育成に関してはまだまだ初心者。いつかは彼らのようなグレートキャプテンになれたらと願いつつ、オフィスを出て担当便のコックピットへ向かった。

　福岡は予想通りの荒天だったが、副操縦士は落ち着いて対処し、定刻通りの着陸を実現した。羽田への復路は俺が担当し、こちらのフライトも問題なく終えた。

　機体が駐機スポットへと到着し静かになったコックピットで、俺はフライトの記録を書類に記入する。その横で、副操縦士が深々と頭を下げた。

「ありがとうございました。今回露木キャプテンとご一緒できて、とても勉強になりました」

「それならよかった。今後も、難しい場面から逃げようとするなよ。どんなフライトも、必ずきみの糧になる」

「はい……！　あの」

書類の記入が済み席を立とうとしたら、副操縦士に呼び止められる。視線で続きを促すと、彼は言いにくそうに視線を泳がせてから、俺を見つめた。

「今まで、露木さんのことを誤解していてすみませんでした」

「誤解？」

「その……露木さんはブルーバードの社内養成出身じゃないのに、香椎さんのお嬢さんと結婚したことで贔屓されてる、なんて文句を言ってるやつらがいて……」

そんなバカなことを言うのは青桐だけかと思いきや、そうではなかったらしい。

俺も俺で、そこまで同僚と親しくする方ではないから、噂話があることすら知らなかった。知ったところでなにかしたわけでもないと思うが……。

「その上、成沢さんが入ってからは彼女と不倫してるなんて噂もあって……僕も、少しだけ色眼鏡で見ていた部分があったんです。でも、今日フライトをご一緒して、噂は噂でしかないとわかりました。露木さんは、実力で評価されてる方だって」

副操縦士は目を輝かせて俺を見ているが、俺の胸中はそれどころではなかった。

香椎さんに贔屓されているという件はともかく、ノアと不倫……？

そんな噂がどうして立つというのだろう。フライトスクール時代の仲間だという以外、日本で彼女とふたりきりで会うなど、疑わしい行動を取った覚えはない。

「そのくだらない噂は、誰に聞いたんだ？」

思わず声が尖ってしまう。副操縦士はビクッと肩をすくめた。

「ええと……ハッキリとではないんですけど、同期の副操縦士が、成沢さんご本人からその、不倫を匂わせるような発言を聞いたと」

「そうか。貴重な情報ありがとう」

この後もう一便、大阪へのフライトはノアと一緒だ。仕事中はともかく、現地へ着いてからでも折を見て話を聞く必要があるだろう。


軽い休憩を取った後、すぐ次の便に向けての準備をする。

ノアは先にオフィスに到着しており、確認作業を進めていた。短く挨拶を交わし、これまでの便と同じように、運航管理者からのアドバイスを受けつつブリーフィングを実施する。

「今の大阪上空は季節外れの南風。サークリングアプローチの可能性を考えておいた方がよさそうね」

ノアがパソコンの画面を指さし、円を描くように飛行機の軌道を示す。

通常は向かい風を受けながら滑走路に着陸するのが基本だが、地理的な要因でその方向からアプローチできない場合、一度反対側に回り込んで着陸しなければならない。その手法がサークリングアプローチだ。言葉で説明するのは簡単だが、それなりの技術を必要とする。

「同意見だ。俺がやろうか？」

「大丈夫、私がやるわ。もちろん、露木キャプテンが任せてくだされば の話ですけど」

ノアも仕事中は私情を挟まないと線引きしているようだ。俺も、フラットな目線で彼女の技量を判断しなくてはいけないだろう。入社前に海外のLCCでパイロットをしていた経験がある彼女は、福岡便をともにした副操縦士よりは頼もしい印象である。

今日までにほかの機長たちにも少し話を聞いてみたところ、危なげないオペレーションをする副操縦士だと、評判は上々だった。

「それじゃ、お願いする」

「ラジャー」

ノアが親指を立てて微笑む。こうして往路は彼女が、明日の復路は俺が操縦を担当することになった。

とはいえ、空模様や現地の滑走路の状況は、フライトごとに違う。今までが大丈夫だからといって、トラブルが起きない確証はなにもないのだ。

いつも通り、機長として責任ある仕事をまっとうする。そんな心づもりを今一度確認してから、担当機へと移動した。

コックピットに乗り込むと、外部点検をノアに任せ、整備担当者から機体の状況を聞き取りする。朝から働きづめで今日五回目のフライトだという機体だが、今すぐ直すべき箇所などはなく、計器類にも異常はないとのことだった。

整備士と入れ替わりでノアが戻ってきたところで、客室乗務員たちとのブリーフィングを開始する。その中にはベテランＣＡの涼野さんの姿もあり、心強く思う。乗客のことは彼女に任せておけば大丈夫だ。

「本日、伊丹《いたみ》までの操縦は、副操縦士の成沢さんが担当します」

「成沢です。よろしくお願いします」

ノアを紹介し、連絡事項へ移る。いつも通りのブリーフィングだが、時折ＣＡたちからあまり好意的ではない視線が注がれるのを感じた。理由を考えてみるが、思いあたることと言えばノアとの関係を誤解されたあの噂の件くらいしかない。

まさか、CAたちの間にも噂が広がっているのか……？

思わずため息をつきたくなるが、ここで弁解するわけにもいかない。冷ややかな視線には気づかないふりをして、ブリーフィングを終えた。

「ちょっと、露木くん」

コックピットへ続く階段を上る前、涼野さんに呼び止められた。先を歩いていたノアがコックピットへ続く扉の向こうへ消えたのを見計らうようにして、涼野さんが口を開く。

「仕事中にごめんなさい。だけどひとつだけ聞かせて。あなた、紗弓ちゃんを泣かせるようなことしてないわよね？」

どうやら、噂は涼野さんの耳にも入っているようである。どうして当人のいないところで、そんな与太話が広まっているのだろう。

「あり得ません。俺が愛しているのは紗弓ただひとりです」

手短に告げると、涼野さんも納得したようにうなずく。

「そうよね……。変な話をしてごめんなさい。今日もよろしくお願いします、露木キャプテン」

「こちらこそ頼りにしています」

涼野さんと別れ、コックピットへと戻る。ノアと離陸前最後の打ち合わせをして、出発時間が来るのを待った。

安定した離陸で地上から離れ、ある程度の高度になったところで操縦をオートパイロットに切り替える。両手が自由になったノアに機内アナウンスを頼み、俺は計器類のチェックを続ける。引き続き異常はなくふっと息をついたところで、アナウンスを終えたノアが俺を見た。

「ねえ、嵐」

ブリーフィングから今まで、ずっと俺を名字で呼んでいたはずの彼女が、突然プライベートに戻ったかのように声をかけてきた。

フライトの状況は安定しており、こんな時、機長と副操縦士で雑談を交わすのも珍しくない。しかし、タイミングを計ったかのように話しだしたノアに、思わず身構えてしまう。

「なんだ?」

「私たち、噂になってるみたいね。男女の仲なんじゃないかって」

クスッと笑うノア。俺にとってはわずらわしい噂が、彼女にとっては愉快なものであるようだ。

やはり、彼女自身が流した噂なのだろうか。

「その噂のことだが――」

「嵐は、噂を本当にしちゃう気ない？」

俺の言葉を遮って、ノアが言う。冗談でも、友人に向けるセリフではない。しかし、俺は彼女の切実な眼差しにも、真剣な想いが込められているのを感じる。

その気持ちに応えられない。どう断ればノアは納得してくれるだろう。

「私……本当にショックだったの。嵐は一生結婚しないものだと信じてたから」

窓の外に広がる暗い空を眺め、ノアがつぶやく。俺は計器から目を離さず淡々と答えた。

「ノアに話した時は、本当にそう思っていたよ。誰のことも悲しませたくないから、死ぬまでひとりでいようと決めてた」

「じゃあ、どうして……！」

「きっかけはわからない。だけど今は、紗弓のためになにをしてあげられるか、紗弓がどうしたら笑顔になるか、毎日そればかり考えて生きてるんだ。……俺は、彼女に恋をした。もう、ひとりには戻れない」

ノアには悪いと思う。だけど、自分の気持ちに嘘はつけない。せめてもの誠意を表したくて、正直な気持ちを伝える。

ノアの大きな瞳が潤んで、彼女はそれを隠すように顔を逸らした。

俺たちの間に気まずい沈黙が流れる。しかしその直後、コックピット内に警報音が鳴り響いた。コックピット前方、システムの異常を検知するボタンがオレンジ色に点灯し、与圧系統の異常を知らせていた。

「急減圧……ノア、マスクをつけろ」

与圧系統のバルブに不具合があるようだが、すぐに直せるものではない。このままでは機内の気圧が急激に下がり、酸素が不足してしまう。酸素マスクをつけなければ十五秒から三十秒程度で意識が混濁し、命に係わる事態になる。

自動で降りてくる客室の酸素マスクと違い、コックピットでは自ら取り出してつけなければならない。当然ノアもわかっているはずである。

しかし、彼女はぼうぜんとしてマスクをつけようとしない。

「しっかりしろ！」

強い口調で呼びかけ、ようやく彼女はハッとしたようにマスクをつける。直後、客室の涼野さんから連絡があり、乗客全員がマスクを装着し、意識もあることを知らせてくれた。

　酸素マスクが使用できる十数分の間に高度を下げれば、マスクは不要となる。

　落ち着いて対処すれば問題のないトラブルだ。しかし、このまま目的地の伊丹へ向かうことは困難と判断し、管制にエマージェンシー（緊急事態）を宣言し、羽田への緊急着陸を要請した。

「緊急降下ののち、高度を保って羽田に戻る。I have control.」

　ノアに操縦の交代を呼びかけるが、返事がない。マスクは装着しているものの、彼女は恐怖のためなのか、小刻みに体を震わせていた。

「ノア？」

「どうしよう、嵐……私たちのパパとママの事故もこのトラブルで、パイロットがふたりとも意識を失って、それで……」

　彼女の言うように、俺たちの両親の命を奪った〝パシフィックスカイ航空714便墜落事故〟の原因も、急減圧だった。異常に気づくのが遅れた操縦士がふたりとも意識を消失し、コックピットが無人と同じ状況になってしまったのである。そして巨大な機体は、コントロールを失った――。

　しかし、パイロットとして知識と経験を深めた今ならわかる。トラブル時の対応を間違えさえしなければ、あのような事故にはならない。

現在のノアのように、パニック状態に陥ることが最も危険なのだ。

俺たちはマスクをつけているし、緊急降下する時間も十分にある。

ノアも落ち着いた状態なら慌てる必要がないとわかるはずだが、今は事故当時のショックが蘇っているようだ。だからといって、彼女の回復を待ってやれるほどの余裕はない。

俺は客室にアナウンスをつなぎ、搭乗客に向けてこれから緊急降下して羽田にエアターンバックすることを告げる。不安な乗客たちのフォローは、涼野さんたちCAに任せるしかない。俺たちパイロットは、とにかく安全を確保することが先決だ。

「ノア、落ち着け。俺たちは誰のことも死なせない。もう一度言うぞ。——I have.」

「嵐……」

カタカタ震えたままの彼女からは『You have.』のひと言が引き出せそうになかった。

俺は自分の判断で操縦桿を掴み、エンジンの出力を下げる。スピードブレーキを引き、速度が上がりすぎないよう主翼のスポイラーという板のような装置を立てた。緊急降下とはいえ乗客に不必要な恐怖を与えたくはないので、なるべく揺れが伝わらないよう注意深く高度を下げていく。

たとえ両親を亡くした事故と同じ状況でも……いや、むしろ同じだからこそ、俺は冷静だった。あの事故機に乗っていた人々、そして彼らを待つ家族が味わった絶望感や喪失感は、もう二度と誰にも味わわせたくない。

その気持ちが頭の中をクリアにして、やるべきことを自然と教えてくれた。

乗客だけでなく、クルーの命……そして自分自身を守るために、俺はこれからもパイロットとして生き続ける。仕事に危険が伴う事実は変わらないが、その先に描くビジョンはもう、家族をつくらないなんて消極的なものではない。

そう思うと同時に頭に浮かんだのは、いつでも優しく俺に寄り添ってくれる、紗弓の穏やかな表情。初めて会った時からずっと俺の心を掴んで放さない、あの花のような微笑み。

彼女を知りたい、その心に触れたいという衝動に抗《あらが》えず提案した結婚は、少し強引なものだった。しかし、紗弓は真摯に結婚生活と向き合い、俺という人間を理解しようとしてくれる。一緒にいればいるほど彼女が愛おしくなり、両親を失った過去の悲しみも癒やされていくのがわかった。今では彼女を失うことなど考えられない。

かけがえのない、誰より大切な妻だ。

そんな彼女とともに生きる未来のために、最上級の安全運航を実現するパイロットであり続ける。それが、彼女を愛することで見つけた俺の信念だ。

飛行高度が一万フィートまで下がったところで、乗客のマスク着用を解除する。アプローチ管制の指示に従い、羽田上空へと戻ってくる。滑走路が近づきタワー管制に切り替わると、緊急着陸を指示してくれたのは偶然にも友人の広瀬だった。

エマージェンシーを宣言した機体は着陸が優先されるため、彼の指示でまっすぐ滑走路へと下り立つ。広瀬は淡々と管制を終えると、最後にボソッと「お疲れ」と添えてくれた。

到着と同時にけが人の有無や振替便の手配状況などを確認し、ようやく肩の力が抜ける。どうやら被害は最小限で済んだようだ。

これから原因究明のための聞き取りがあるとは思うが、それが終わったら紗弓に連絡しよう。張りつめていた緊張がほどけたせいか、無性に彼女と会いたかった。

「待って、嵐」

先にコックピットから出ようとしていた俺を、ノアが呼び止める。それから思いつめた顔で背中に抱きついてきた。

「さっき、空の上でなにもできなくなった時に思ったの。私はやっぱり、嵐がいないとダメ。昔みたいに支えてほしいのよ。そうでなきゃ、パイロットを続けられない。……あなたのことが好きなの」

今にも泣きだしそうに、声を震わせて訴えるノア。先ほどのトラブル発生時、彼女の精神的負担は相当なものだったのだろう。そのつらさは理解できる。

しかし、他人の支えをあてにするようでは、遅かれ早かれ彼女はパイロットとして行きづまる。教官の指示に従えばよかった訓練生の頃とは違い、俺たちはプロとして、ひとつのフライトごとに何百人もの命を預かっているのだ。今の彼女には、その自覚が足りない。

ゆっくり体の向きを変えて彼女と向き合うと、腰に回された彼女の手をそっとほどいた。

「俺は、きみを友人として励ます以上のことはできない」

「そんな……」

「それと機長の立場から言わせてもらうなら……きみはパイロットに向いていない。急減圧のトラブルのたびご両親の事故が頭をよぎるなら、いっそやめるべきだ」

機長と副操縦士に上下関係はあるものの、副操縦士も立派なパイロットである。あの状況で自分の酸素マスクをつけることすらままならなかった彼女は、いつか乗客のこともクルーのことも、危険にさらす。

「ひどい……。嵐と一緒に仕事がしたくて日本に来たのに」

ノアの瞳にたまった涙が、ぽろっと頬にこぼれる。愛情表現のつもりで放ったセリフかもしれないが、俺には自分本位な理屈にしか聞こえない。そんな不純な動機で、パイロットの仕事が務まると思っているのだろうか。

友人だからこそ、もう一度冷静に自分を振り返ってみてほしい。

「最近のきみは少しおかしい。俺との妙な噂を流すのも、青桐のようなやつと付き合うのも、結局きみの価値を下げてしまうだけだと思わないか？」

噂の出どころも、青桐と会っていたという話も確実なものではない。しかし、俺の問いかけにパッと目を逸らしたノアを見て、図星なのだろうと察する。

「悪いけど、ノアのしていることは全部無駄だ。とくに、紗弓を傷つけるようなまねをするのはもうやめろ。これ以上なにかするようなら、たとえきみでも許さない」

「待って……ごめんなさい、私、そんなつもり……」

「トラブルの報告があるから、先に行く。いい加減、頭を冷やしてくれ」

突然に家族との別れを強いられた者同士、互いを励まし合いながら訓練を重ねた過去はたしかに大切な記憶だ。しかし、それに執着するばかりで成長しようとしないのなら、ノアは俺から離れるべきだ。自分にとってなにが一番の幸せなのかを見つめ直すために。

追いすがるように手を伸ばしてきたノアを振りきり、コックピットを出ていく。

トラブルの報告を終えたら、すぐ自宅に直行しよう。

あの緊迫したフライトの最中に彼女がどれほど大きな存在であるかを改めて気づかされたせいか、ただただ紗弓に会いたかった。

初めて彼と会った日の記憶

嵐さんとお墓参りに出かけた日の夜。

彼は真路さんに会いに出かけてしまったので、夕食はひとりだった。

ノアさんのブログを見て沈んだ心を励ますように、家にある食材を集めて鍋を作ることにした。鶏がらスープをベースに、冷蔵庫で見つけたキムチと豚バラ肉、ネギやきのこ類を具材にしてしばらく煮込む。キムチのパンチのある香りが部屋中に立ちこめ、それを嗅ぐだけでもなんとなくエネルギーが湧いてきた。

冷凍のご飯を温めて鍋と一緒にダイニングテーブルに並べ、ささやかな夕食にする。

小皿に移した鍋のスープをすすると、ぽかぽかと体が温まった。

おなかは満たされたけれど、気分はなかなか浮上しない。ノアさんのブログの内容がなかなか脳裏から消えてくれないせいだ。あれが本当なら、ふたりは過去に相当深い間柄だったことになる。

もしも今度の大阪ステイでふたりの関係が復活したりしたら……嵐さんの気持ちも、彼女の方へ戻ってしまうのだろうか。嵐さんもその可能性を予測して、私と夫婦になったことを後悔し始めたとか？ うしろ向きな思考ばかり湧いてきて、首を激しく左右に振る。

嵐さん、いつ帰ってくるんだろう……。

元気を出すために食事をしたのにますます暗くなってしまいそうで、気を取り直すように食器を片づけ始めた。

彼が帰ってくるまで起きていたかったけれど、ゆっくりお風呂に浸かった後でもまだ帰ってくる気配がなかったので、仕方なく先に休むことにする。しかし、自分の部屋のベッドではやけにシーツが冷たく感じられて、なかなか寝つけなかった。

無理やりまぶたを閉じて羊でも数えようとしていたその時、ふと出来心がわく。

嵐さんのベッドにお邪魔してもいいだろうか。本人はいないけれど、彼の香りに包まれれば安心して眠れる気がする。

いつも別々に寝ているとはいえ、掃除の時や借りたい本がある時など、部屋に入るのは自由だと言われている。……寂しい時も、きっといいはずだよね。

枕だけ自分の部屋から持参して、彼の部屋のドアを開ける。

落ち着いたダークブラウンの木製家具で統一された、大人っぽい部屋。あまり飾り気はなく、壁一面の書架に並んだ航空関係の書籍や資料は実家の父の部屋を彷彿とさせて、懐かしい気持ちになる。

一歩足を踏み入れただけで、すっかり彼の香りとして脳にインプットされているシトラス系のフレグランスが、微かに鼻腔をくすぐった。ドキドキする反面私を安心させてくれる、特別な香りだ。

嵐さんの気配を感じてときめきを感じつつ、彼の大きな体に合った広いベッドに近づく。ベッドの端に、脱ぎ捨てられた彼のスウェットが落ちそうになっていたので、畳んであげようと手に取った。彼の香りが今までで一番濃く香って、私の胸をいっぱいにする。

「嵐さん……」

スウェットをギュッと抱きしめてつぶやく。

脱ぎ捨てられた服さえ愛しいなんて、ちょっと危ない……？

でも、今は本人に抱きしめてもらえないんだもの。少しだけならいいよね。

自分に言い訳しつつ、結局眠る時まで彼のスウェットを握りしめていた。

空調はつけていないので、自分の部屋にいる時と室温そのものは変わらない。なのに不思議と暖かくて心地いいので、すっかり安心しきって眠りに落ちた。

迎えた二月十四日。とうとう嵐さんとノアさんがフライトをともにし、そのまま大阪にステイする日だが、私の不安は少し薄れていた。

というのも、真路さんと会った翌朝の彼は、なにかが吹っきれたような顔をしていたのだ。

その上、『世界で一番愛してる。俺のかわいい奥さん』——なんて、極上の愛の言葉までもらってしまった。出勤前だったために彼の真意は聞けなかったけれど、あれは心からの言葉だと感じた。

今の私にできるのは、彼を信じて待つことだけ。

今回のフライトでノアさんとなにもなければ、きっと週末には愛してもらえるから……今は耐える時なのだ。きっと。

自分にそう言い聞かせ、普段あまりしっかりとできていなかった掃除や洗濯に勤しみ、一日が過ぎていった。ひとりだと食事も適当でいいので、お昼過ぎに残り物を食べて冷蔵庫の整理をした。

シャワーを済ませ、リビングでスマホを見ながらくつろいでいたら、玄関の方で物音がした。

えっ……？　嵐さん……は今頃大阪だし、誰？

まさか、昇さんじゃないよね？

動揺しながら部屋の中で隠れる場所を探すものの、うまく見つけられずその場で棒立ちになる。

ガチャッと部屋の扉が開いた。

「ただいま」

いつも通りにそう言って顔を覗かせたのは、大阪にいるはずの嵐さんだった。

歩み寄ってくる彼を、何度も瞬きしながら見つめる。

「あ、嵐さん？　どうして……」

「話せば長くなる。だけど説明する前に、一度抱きしめさせて」

「えっと、あの、それはいいですけど……」

状況をのみ込めずにいる私にクスッと笑った彼が、その腕に私を閉じ込める。

温かくてドキドキしてうれしいけれど……頭の中に浮かんだ大量の疑問符が、私を完全に甘い気持ちにはさせてくれない。

「伊丹のフライトはどうしたんですか？」

「急減圧のトラブルで、急遽羽田に戻ってきた。だから、今夜のステイもなし」

「急減圧って――えっ？」

思わずガバッと嵐さんから身を離し、頼りない目で彼を見つめる。

嵐さんがご両親を亡くしたあのトラブルと同じ……。

彼も私が言わんとすることに気づいたのだろう。小さくうなずいてから、安心させるように私の髪をなでた。

「大丈夫。きちんと対処したから何事もなかったよ。むしろ、自分の気持ちを確かめるいいきっかけになった」

「きっかけ……？」

「トラブルの最中、無意識に紗弓の顔が脳裏をよぎった。そして同時に、最愛の妻であるきみがいる限り、俺は死ねないって強く思えたんだ。過去にとらわれていた自分と決別するように」

力強い口調に、胸が熱くなる。

「嵐さん……」

それって、つまり――。

感極まって彼を見つめたその時、私のおなかが「ぐう」と情けない音を立てる。

なんでこんな時に……っ。

かぁっと頬が熱くなり、思わず両手でおなかを押さえる。

「す、すみません、大事なお話の最中に……」

「いや、気にしないで。食事、まだだったのか？」

「……はい。昼過ぎに適当な残り物を食べただけで、夜はなにも」

「だったらなにか作ろうか？　俺も小腹が空いた」

「それが、買い物にも行っていないので材料もないんです……嵐さんが帰ってくるとは思わなくて。すみません」

よかれと思って食糧を整理したのに、こんなことになるなんて。

なにもないことはわかっているけれど、ふたりで戸棚や冷蔵庫を覗く。

隅から隅まで見ても、カップ麺ひとつすらない。

「あっ……」

「なにか見つけた？」

「ご飯じゃないんですけど……土曜に渡そうと思っていたチョコなら私の部屋に」

こんなタイミングで出すつもりはなかったけれど、貴重な食糧だ。

「チョコレートもちゃんと用意してくれていたんだな」

「バレンタインですから」

「ありがとう。じゃ、一緒に食べよう」

そう言って、自室にチョコレートを取りに行く。嵐さんは甘党だと言っていたし、頭を使う仕事なので、糖分は必須。たくさん食べてほしくて、ボンボンショコラが三十粒も入った大きな缶を買ってしまった。

チョコレートを持ってキッチンに戻ると、嵐さんがコーヒーを準備してくれていた。リビングのローテーブルにマグカップと缶を置き、ソファに並んで座る。

夜遅くのおやつタイムはちょっぴり罪悪感があるけれど、コーヒーとチョコレートの香りを嗅ぐと、胸がときめいた。添付の商品説明を見ずに、まずはひとつずつこれだと思ったひと粒を口に放り込む。

「うん。うまい。俺のは中がキャラメルガナッシュだな」

「私のは甘酸っぱいベリージャムです。おいしい」

チョコが舌の上に広がったところで、ブラックコーヒーを口に含む。カカオの香りとコーヒーのほろ苦さが溶け合って、上品な香りが鼻から抜けていく。

その後もいくつかのチョコをおなかに入れ、食欲を満たした。

「はぁ、幸せ。……って、本当は嵐さんへのプレゼントなのに、すっかり自分が満喫してしまってすみません」

「いいよ。これから俺はもっと甘くておいしいプレゼントをもらう予定だから」

したり顔で私の顔を覗き込んでくる彼に、どきりと胸が跳ねる。

それって、私のこと……？

「えっと……〝私たちのバレンタイン〟は土曜日の予定でしたよね？」

「それが今日のトラブルの影響でシフトが変わって、土曜日は仕事になってしまったんだ。だから紗弓さえよければ、今夜きみを愛したい」

ストレートな誘い文句に、ドキッと心臓がジャンプする。

心の準備ができていなかったので、急に緊張してきてしまう。嵐さんは私の髪を耳にかけると、頬に手を添えてジッと視線を合わせた。

「紗弓」

「はい」

まだ結婚したばかりの頃、迷いに揺れることもあった彼の瞳が、今はただまっすぐに、私を見つめている。言葉がなくても情熱が伝わってくるような強い眼差しで。

「俺は初めて会った時から、きみに特別なものを感じてた」

「初めて……中華アフタヌーンティーの時ですか？」

「いや、違う。今から六年前……季節は夏。出会った場所は、きみの働くラウンジの近くだ」

そんなに前に嵐さんと会っている……？　六年前は私が就職した年だ。夏ということなら、ようやく仕事に慣れてきた頃だろうか。

「近くって、ラウンジの中ではないってことですか？」

「ああ。俺はラウンジを利用し終えて、これから飛行機に乗ろうというところだった」

一生懸命記憶をたどるものの、まったく思い出せない。

「なにか言葉を交わしました？」

「もちろんだ。これを見てほしい。事故の時、両親が俺に遺してくれたメッセージだ。行方不明者も多い中で両親の亡骸が発見されただけでも幸運だったけど、同時に見つかった遺品の中に、これが」

ご両親からのメッセージ？　しかも事故の時って、どういうことだろう。

彼がシャツの胸ポケットからスッと取り出したのは、折りたたまれた小さなメモ。しわくちゃでところどころ染みがある。

彼がメモを開いて、私の前に差し出してくれる。そこにはふたり分の筆跡でこう書かれていた。

【嵐へ　Be strong.　Look abroad.】

これって……。

「少しペン先が震えているように見えるのは、すでに墜落するとわかっている状況で書いたものだからなのかもしれない。……あまり、深く考えないようにはしているが」

パニック状態になってもおかしくない事故のさなかに、ご両親はこれを……。

ぐっと、喉の奥に熱いものが込み上げた。

自分たちの最期を覚悟して、それでも嵐さんにはパイロットの夢をあきらめないでほしいとなんとか本人に伝えようとした、ご両親の深い愛情と覚悟が伝わってくる。

それに、嵐さんが前にこう言っていた理由も――。

『俺がパイロットとして生き続けるのは、両親のためだ』

彼はご両親の最期の望みを叶えるため、ひたむきにパイロットの仕事に向き合っているのだ。

遺されたメッセージの通りに、強い気持ちで世界に羽ばたいていこうって。

なんて優しく立派な人だろう。息子を思うご両親の気持ち、そして嵐さんの強く気高い精神が合わさって心の中に流れ込んでくるようで、胸がジンと熱くなる。

でも、感情が昂る理由はそれだけじゃない。私、このメモに見覚えがある。

彼と初めて出会ったあの日の記憶が、堰を切ったようにあふれだした。

「私がこのメモを届けた男の人って、嵐さんだったんですね……」

「やっと思い出してくれたか」

はにかんだ彼に、あの日出会った旅行者の面影を重ねる。

あの時の彼は、大きなリュックにマウンテンパーカー、帽子、それに無精髭という、ラウンジの利用者としては珍しいバックパッカーのようないでたちをしていた。受付をしたのが私でなかったために、名前や身分も把握していなかった。

だからすぐには気づけなかったけれど、メモを届けた時の澄んだ眼差しは、今思えばたしかに彼のものだ。

「あの時は日本で両親の七回忌を終えて、ついでにのんびり休暇を過ごしてからカナダに帰ろうとしていたところだったんだ。身なりを整えるのは向こうに着いてからでいいと思っていたからあんな格好だったけど、紗弓は少しも嫌な顔をしなかったな。さすが青い鳥ラウンジのスタッフだ」

「いえ……あの時はまだ一年目で、仕事に慣れるだけで精いっぱいでした。とっさに嵐さんを追いかけて忘れ物を渡した後で『どこに行ってたの⁉』と先輩に怒られちゃいましたし」

当時を思い出して苦笑する。

レセプションは安易に持ち場を離れてはいけない。忘れ物があったらきちんと保管しておき、お客様から連絡があった時に対応できるよう記録を残しておく。……などのルールがあったのに、届けなきゃという気持ちが先行して慌ててしまったのだ。

「そうだったのか。でも、紗弓でない人がメモを見つけていたら捨てていたんじゃないかな。きみが見つけてすぐに届けてくれたから、メモは今ここにあるんだ。本当に感謝してる」

「嵐さん……」

偶然が重なって出会い、今また同じ一枚のメモを挟んで彼と向き合っている。

運命という言葉を、生まれて初めて信じたくなった。

「自分から言い出したことだが、契約だけの関係だなんて思ったことは一度もない。日ごとにきみの存在が大きなものになって、俺の心を独占していった。長い間自分に課していた〝家族をつくらない〟というルールがどうでもよくなるくらい、紗弓のことばかり考えていたよ」

「嵐さん……」

「それでも両親の墓参りの時、きみが手を合わせる横顔を見て少しためらいが生まれた。いつか紗弓をひとりにさせてしまう時が来たらどうしよう。両親を失った時の俺と同じ思いをさせるくらいなら、離れた方がいいのかもしれないと」

「だからあの日帰宅する車の中で、私と深く関わるべきじゃなかったと後悔していたんですね……」

「きみはあの時起きていたのか。……傷ついただろう、すまなかった」

嵐さんが申し訳なさそうに目を伏せ、私の頬に触れる。私はゆっくり首を振って微笑んだ。

「なにか事情があるとは思っていました。でも、今さら離れられるわけないじゃないですか」

そう言って、頬に触れている彼の手に自分の手を重ねた。

この温もりを今さら手放すなんて絶対にできない。

「嵐さんはもう、私の一部なんです」

はじまりは、彼をもっと知りたいという単純な欲求だった。だけどそれが恋に変わってからは、視線や会話、口づけを交わすたび、恋情が募った。ただ知りたいだけじゃなく、寄り添って理解したい。彼に愛されたい気持ちはもちろんあるけれど、私からも、大きな愛を贈りたい。そう思える相手に出会えたのは奇跡だと思うから、絶対に離したくなんてない。

「俺も同じだ、紗弓」

嵐さんはそうつぶやくと、こらえきれなくなったように私を抱き寄せた。

「失うことを恐れるあまり悲観的になるのは、もうやめた。この先の未来もずっときみと歩いていくために、なにができるのかを考え続けて生きていたい。もちろん、夫婦という形で」

婚姻届を出して夫婦になったのは二カ月ほど前だが、今初めてプロポーズされたような感動で胸が詰まった。嵐さんが心から私を必要としてくれているのだと、ちゃんと伝わってきたから。

「愛しています、嵐さん。ずっと、あなたの隣にいさせてください」

彼の胸の中でそっと顔を上げ、温かい涙を浮かべながら告白する。

「俺も愛してる。紗弓のいない人生はもう考えられないんだ。誰にも渡さない」

嵐さんは力強くそう言うと、私の体をソファからひょいと抱き上げる。寝室に移動するのだとわかり、心臓が口から飛び出しそうになった。

でも、私だってそうしたいから……。

彼の部屋のベッドに優しく下ろされ、嵐さんは着ていたシャツを脱ぐ。

筋肉がついて逞しい腕や熱い胸板、引きしまったウエスト。男性らしく均整の取れた体がとても綺麗だ。見とれていると彼が四つん這《ば》いで覆いかぶさり、まつげを伏せて顔を近づけてきた。私は目を閉じて彼の首に腕を回し、優しいキスを受け止める。

嵐さんの唇はチョコレートより甘く、お酒のように私をくらくらさせる。

「ん、んっ……」

「もう、遠慮しないから……覚悟して」

低く艶っぽいでささやいた彼が、キスをしながら私の体を服の上からまさぐる。くすぐったいような感覚に身を捩《よじ》ると、濡れた舌がつうっと首筋に這わされて体が跳ねた。

「あっ……」

思わず鼻にかかった声が漏れてしまい、口もとを手で覆う。嵐さんがふっと微笑んで、その手を優しくシーツに縫いつけた。

「かわいい声だから、押さえなくていい」

「で、でも……っ」

「そのうち嫌でも我慢できなくなる。それよりほら、俺の手に集中して」

する、とルームウエアのトップスの裾から、彼の手が忍び込む。ゆっくり素肌をなでられているだけで、微かに感じてしまう。その手がウエストのくびれをたどって胸のふくらみを包み込むと、腰の辺りがぞくぞくした。

嵐さんは胸の上まで服をたくし上げると、両手でもみしだきながら先端を口に含む。

「あ、ん……っ」

恥ずかしいけれど、気持ちいい。

しつこく舌で扱かれ、もう一方を指で摘まれているだけで、下腹部に熱が集中する。もどかしくて、太ももを自然と擦り合わせてしまう。

愛する嵐さんと、これからひとつになるのだと期待して体が昂っているせい？

胸への愛撫だけでこんな感覚になったのは初めてで、戸惑いから涙目になった。

「嵐さん……私、おかしくないですか……？」

「ん？　どうして？」

ちゅ、と音を立てて熟れた胸の頂《いただき》を解放する嵐さん。まだ余裕たっぷりに優しげな眼差しをしている彼に安心して、素直な気持ちを打ち明ける。

「だって……こんな、感じてしまうの、初めてで……」

思わず、両手で自分の体を抱きしめる。今は触れられていないのに、びりびりとした熱が余韻となって残っている。

「それは光栄だな。だって、紗弓が俺を欲しがってくれている証拠だろう？」

「そういうこと……なんですか？」

「そうだろ？　だってほら」

嵐さんの手が、唐突にショーツの中に入ってくる。ごつごつした長い指に中心をなでられるとぬるりとすべる感覚があった。そのまま、指が中までうずめられていく。

「待っ……あっ、ダメ……」

嵐さんの指、入ってくる……。そう思うだけで目に涙がたまり、呼吸が荒くなる。

彼は私を落ち着かせるように優しくキスをして、ジッと目を合わせながら私の中をかき回す。やわらかく溶かしたバターをこねるような音が立ち、耳を塞ぎたくなる。

心も体もとろけきって、自分の体なのにいうことを聞かない。

わずかに残っていた理性も飛ばされ、ただ嵐さんがくれる快感に酔い、甘い声で彼を呼んでは口づけをねだった。

いつしかルームウエアも使い物にならなくなったショーツも剥がされ、生まれたままの姿でただ彼の愛撫に翻弄される。

嵐さんの表情からも徐々に余裕がなくなってきて、苦しげに寄せられた眉がとても色っぽい。我慢しないで、嵐さんも気持ちよくなってと、熱に浮かされた頭で思う。

私もあなたのこと、思いきり愛したいから……。

「もう、きてください……。嵐さんで、いっぱいになりたい」

ギュッと彼の首にしがみつき、耳もとで甘えた声を出す。

私にできる、最大限のおねだりだ。

「……わかった。少しだけ待って」

嵐さんは私の鼻の頭にチュッとキスをして、ベッド脇の棚から避妊具の箱を出す。

ドキドキしすぎてつけるところは見られなかった。ほんの十秒ほどで、嵐さんが私のもとに戻ってくる。

再び私を組み敷いた彼はシーツに投げ出された私の手を握り、指先に優しく唇を寄せる。

「慣らしたから大丈夫だと思うけど、痛かったら言って」

「はい……」

「好きだよ、紗弓。ずっと、きみとこうしたかった」

悩ましげなため息をつきながら、嵐さんがゆっくり腰を進める。彼の温もりが、おなかの奥まで満ちていく。心と体のすべてが重なり合った喜びに胸が震えた。

「嵐さん……私、幸せ、です」

彼を見上げ、かすれた声で伝える。微笑んだ彼が頬に軽く唇づけした。

「俺もだ。でも、このくらいで満足するのは早い」

「えっ……？」

「息もつけないくらい、俺に溺れさせるから」

嵐さんの眼差しが真剣なものになり、彼が腰を動かし始める。私もぎこちない動きで応えつつ、全身で嵐さんを感じる。彼の背中にしがみついていなければ快楽の波にさらわれて、本当に溺れてしまいそうだった。

「あぁ、ん……っ」

「紗弓、愛してる。これからはいつも何度でも、きみにこうして愛を刻むよ」

甘い言葉、絡んだ視線、こすれる素肌、握り合った両手——。そのすべてから、嵐さんの深い想いが伝わってきて、涙が滲む。

こんなふうに体を使って、あなたが愛しいとお互いに伝え合うこと。それはきっと、言葉を使うのと同じくらい、夫婦にとって大切なコミュニケーションだ。

夢中で体を重ねるうち日付は変わったけれど、〝私たちのバレンタイン〟は朝方まで終わらず、最後はお互い疲れ果てたように、それでも抱き合いながら眠った。

共謀したふたりの末路

嵐さんと結ばれてから一週間。中番だった今日は夜の七時まで勤務だったが、嵐さんもたまたま同じくらいの時間に仕事が終わるそう。

お互いの勤務日に一緒に帰れるのが珍しいので、食事に出かける約束をしている。

待ち合わせは第三ターミナルの到着ロビー。私の方が先に着いたので、ベンチに座って彼を待つ。

忙しい彼とは久々のデートなので、思わず鏡を出して髪やメイクが乱れていないかチェックする。少し浮いていた前髪をなでつけ、「よし」と小さくつぶやいたその時、鏡越しにこちらを見ている女性と目が合った。偶然ではなく、あきらかに私を見つめている。まるで睨みつけるような視線の強さで〝彼女〟だとすぐにわかった。

振り向いた先にいたのは、細身のコートにパンツを合わせ、抜群のスタイルを際立たせているノアさんだった。彼女も仕事だったのだろうか。

こんばんはと言おうか悩んでいるうちに、彼女が歩み寄ってくる。

「紗弓さん、こんなところで偶然ね。暇ならちょっと話できる？」

「え、ええ……」

暇ではないけれど、ノアさんの表情や声の感じから、なんとなく断れないような圧を感じた。それが怖くてうなずくと、彼女は周囲を見回す。

「ここじゃちょっと都合が悪いんだけど、展望デッキへ行かない？」

どうしてここでは話せないのだろう。平日のこの時間、到着便のピークはまだなので、ベンチはいくつも空いているのに。ノアさんになにか別の目的があるのではと思えて身構えてしまう。

「展望デッキは冷えませんか？ ここも十分静かですし……」

「いちいち口答えしないでくれる？ デッキで話したいって言ってるでしょ？」

あからさまにイラついている。やはり、彼女にはなにか思惑があるのだろう。

嵐さんにメッセージを打ってデッキにいることを伝えたいが、もし彼女に気づかれたらますます逆鱗に触れそうだ。

「早くしてよね。こっちは忙しいの」

「わ、わかりました」

ぷいと顔を背けて歩き出す彼女のうしろで、私はバッグにつけてある防犯ブザーを力任せに引っ張る。音を鳴らすためではなく無理やりはずすためだ。

金属の輪がゆがんで本体がはずれると、音を立てないよう座っていたベンチに置く。

しかし、慌てていたせいかブザーはコロンと床に落ちてしまった。

プラスチックが床にあたる音がして、思わずどきりとする。

しかし、ノアさんはとくに気に留めなかったらしく、振り向きもしなかった。胸をなで下ろし、彼女の後を追う。嵐さんならきっと見つけてくれるはずだと祈りながら。


デッキは思っていた通り、びゅうびゅうと北風が吹いていて寒かった。

なぜわざわざこんな場所に……。コートの襟をかき合わせながらノアさんの後をついていくと、ノアさんが誰かに向かって手を上げた。ベンチに座っていた男性が同じように手を上げ、ベンチから立つ。

デッキの控えめな照明に男性の顔が照らされた瞬間、私の体は凍りついたように動かなくなった。以前ラウンジにやって来た時と同じ黒のモッズコートに身を包むその人は、元恋人の昇さんだった。どうして、彼らが親しげにしているのだろう。

「お待たせ。寒いんだからさっさと済ませてよね」

「そう焦らせるなよ。感動の再会なんだから」

感動の再会……？　誰と誰が？

反論したいのをこらえ、怪訝な目で彼を見つめる。

「今まで再会できなかったのは自分の行いのせいでしょ？　偶然彼女を見つけた私に感謝してよね」

「わかってるって。今度なにかおごるよ」

昇さんがそう言ってもノアさんはつまらなそうな顔をして私たちから離れ、駐機場の様子がよく見えるフェンスの方へ歩いていってしまった。

「やっと会えたな、紗弓」

心からうれしそうな笑みで、昇さんが一歩近づく。

悪気なんてまるでなさそうなその笑顔が、不気味で怖い。だって彼は、警察から一度警告を受けているはずなのだ。私に接近してはならないと。

「どうして昇さんがここに？」

「ノアちゃんとの作戦会……いや、食事の約束をしてここで待ち合わせしてたんだ。そしたら偶然紗弓を見かけたって彼女が言うから、連れてきてもらった」

ノアちゃん……そう呼ぶくらい、彼女と親しいのだろうか。それに、今なにか言いかけていたよね？　聞き間違いでなければ、作戦会議と言おうとしていたように思う。

でも、いったいどういうつながりで？　ふたりでなんの作戦を立てるというの？

「いつからノアさんと知り合いだったんですか？」

嫌な予感しかしないけれど、おそるおそる問いかけた。

「俺、ただ紗弓を見守るだけでなく、どうしたら露木の魔の手から救えるんだろうってずっと考えてた。それで、ブルーバードの元同僚にアイツの弱みを聞いて回っていたら、ノアちゃんの存在にたどり着いたんだ」

まるで自分が正義のヒーローであるかのように、目をキラキラさせて昇さんが語る。

私を見守るとか、魔の手から救うとか……彼の思考はどこかおかしい。

元同僚にまで話を聞いて回るなんて、常軌を逸してる……。

「今まで誰もわかってくれなかったのに、ノアちゃんだけは、紗弓と俺が結ばれるように協力するって言ってくれたんだ。だからこうして、俺のもとにきみを連れてきてくれた」

「……私になんのお話ですか？」

本当は聞きたくもないしなんとなく予想はつくが、尋ねないわけにもいかない。

こうして昇さんとの会話を続けている間になんとか嵐さんに連絡できないか、必死で頭を回転させる。

「俺たちが一緒になる未来の話に決まってる。紗弓を奪い返せば、俺はようやく露木を出し抜けるんだ」

昇さんはそう言って、ぐっとこぶしを握る。もしかして、彼が私に執着するのって……私自身への好意からというより、嵐さんへのライバル心が理由？

どちらにせよ、自分の目的のためなら他人はどうなってもいいという考えが恐ろしい。やっぱり、なんとかして嵐さんと連絡を取らないと危険かもしれない……。

バッグに手を入れてスマホを握りしめるものの、取り出したら奪われてしまう可能性がある。

バッグの中を覗きながら操作をするのもバレてしまいそうだし……。

内心焦る私に対し、昇さんは余裕たっぷりの口調で続けた。

「かわいそうに、紗弓はアイツに騙されてるんだ。その証拠に、ノアちゃんも露木に遊ばれて捨てられた被害者だ」

昇さんがフェンスのそばにいるノアさんを一瞥する。

彼らがつながっているとわかった今、そんな話をうのみにしてショックを受けるほど私もバカじゃない。昇さんは少し妄想が過ぎるし、ノアさんは私を傷つけるためなら平気でひどいことを言う人。あのブログの内容もおそらく真実ではないのだ。

だけど、今は、彼の話にショックを受けたふりをした方が、彼に隙が生まれるかもしれない。

「そんな……じゃあ、私も？」

「ああ。だから、俺のところへ戻ってこい。紗弓がそばにいれば、俺、パイロットとしても復帰できるような気がするんだ」

そんな他人任せの考えで、復帰なんかできるはずがない。たったひとりでなにもかも乗り越えてきた嵐さんの強い生きざまを知った今、昇さんの考えがいかに甘いかを改めて感じ、ため息をつきたくなる。

だけど、昇さんがいい気になっている今なら……。

「だったら昇さんの口から彼に伝えてくれませんか？ 私たちの結婚生活は終わりだと。……今、ここで」

「なるほど。いいなそれ。露木が慌てるさまをふたりで楽しめるわけか」

「はい。女性をもてあそぶような人には、それほどの罰があってもいいと思うんです」

「やっぱり紗弓は綺麗で賢くて最高だ。待ってろ、今電話してやる」

勝ち誇ったような顔でスマホを操作する昇さん。私にも聞こえるようにスピーカーにした状態で、嵐さんの応答を待った。

『はい』

コール音は三回で途切れ、嵐さんの声がした。

今すぐ助けを乞いたいが、そんなことをしたら昇さんになにをされるかわからない。

ギュッと両手を握りしめ、なにかサインが出せないか必死で考える。

「よう露木。相変わらずご活躍みたいだな。この間の与圧トラブルの件、ノアちゃんに聞いた」

『……青桐』

静かな声にも、怒りがこもっているのを感じる。

防犯ブザーには気づいてくれただろうか。そうでなくても、私があの場所にいないことを心配しているはず。

「トラブルついでに、飛行機落としちゃえばよかったのにな。そしたらお前が消えてせいせいするのに」

嵐さんへの勝利を確信して有頂天になっているらしい昇さんは、元パイロットとは思えない非道な発言をする。自分の愛する人を罵られた悔しさで、体の脇で握りしめた拳が震えた。

嵐さんに、ひどいこと言わないで……。

『まともに言い返すのもバカバカしい。紗弓はどこだ』

「心配しなくても一緒にいるよ。だが、お前の女癖の悪さにうんざりして俺に乗り換えるそうだ。残念だったな」

自分のプライドを守るためだけに私を利用しようとしている彼に、女癖どうこうと言う資格はない。聞いているだけで腹立たしくなってくる。

嵐さんも彼の話を信じてはいないと思うものの、沈黙している。それに気をよくしたらしい昇さんが、さらに続けた。

「空港って屈辱的な場所だと思っていたけど、今この瞬間、また好きな場所になった。そういえば、紗弓に初めて告白したのもここだったな」

昇さんが、ちらりと私を見る。たしかに、彼に告白されたのはこの展望デッキだ。

嵐さんにもチラッと話したことがあるのを、彼は覚えているだろうか。

私にとっては苦い思い出でしかないけれど……今なら、昇さんに合わせて発言できるチャンスだ。

「そうですね。ちょっと寒いけど思い出の場所です」

私が昇さんに告白された場所を嵐さんが覚えていてもいなくても、〝寒い〟というのが、屋外にいるヒントのつもりだ。どうか嵐さんに伝わりますようにと、胸の内で祈る。

その時、ちょうど空から一機、旅客機が滑走路に降りてくる。電話の向こうの嵐さんにも、エンジン音が聞こえただろうか。

『……紗弓を手に入れたところで、どうせきみは満たされないんじゃないか？』

嵐さんの物言いが、初めて挑発的なものになった。先ほどより声に余裕があるようにも感じるのは、期待しすぎだろうか。私の居場所に気づいてくれたんだと思いたい。

「……なんだと？」

昇さんの眉がぴくりと動いた。

『本当は仕事で俺を蹴落としたいのに、今の自分ではそれが叶わないから、意地になって紗弓に執着しているだけなんだろう？　パイロットに戻れない腹いせに、彼女を利用しているだけだ』

「違う！　戻れないじゃなく、ブルーバードがブラック企業だから戻らないだけだ！　好きな時に酒も飲めないシフトを組まれ、機長は全員偉そうなだけで誰も俺の実力を認めようとしない。あんな会社こっちから願い下げなんだよ！」

急に感情的になった昇さんは、図星だと言っているようにしか見えなかった。しかしそんなことより、私は嵐さんの声が微かに弾んでいることが気になっていた。まるで走っているみたいに。

私を捜しているか、ここへ向かってくれている途中かもしれない。

さりげなく、数カ所ある展望デッキへの出入口に注意を払う。

『その程度でブラックだと言い張るなら、航空会社だけでなくほかのどんな企業にもまともに勤められないぞ。そもそも、きみには認めてやるほどの実力なんてない』

「うるさい、うるさい……っ！」

昇さんが、神経質な様子で声を張りあげる。あまり怒らせて突発的な行動に出られても困るので、じりじりと昇さんから距離を取っていたその時だ。

最も近い出入口に、うっすらと人影が見えた。近づいてくるにつれ、嵐さんに似た背格好の男性だとわかり、胸が高鳴る。

彼がデッキに出てきた瞬間、その姿が照明の下で浮かび上がる。私は昇さんの目を盗み、一目散に駆け出した。

「嵐さん……！」

彼の名を呼ぶと、嵐さんもすぐ私に気づいてくれる。手が届きそうな距離まで近づくと、嵐さんに腕を引かれて彼の胸に飛び込んだ。

背中に回った腕が、ギュッと私を抱きしめる。

温かくて絶対的な安心感が、私の全身を包み込んだ。

「紗弓、遅くなって悪かった。けがはないか？」

「大丈夫です。絶対に来てくれるって思いました。防犯ブザーには気づきましたか？」

「ああ。もしかして、あれはきみがわざと？」

「はい。バレないようにはずすのが大変でしたけどなんとか」

「紗弓が聡明なのはわかっていたが、ここまで度胸のある女性だとは知らなかった。電話で『寒い』と伝えてくれたのも助かったよ。でも、あまり無理をしないでくれ」

私の髪を優しくなでながら、嵐さんが安堵の息をついた。本気で私の身を案じてくれていたのが伝わってくる。

「心配かけてごめんなさい」

「きみが謝ることじゃない。……悪いのは、あのふたりだ」

そっと体を離した彼が、少し離れた場所にいる昇さんとノアさんに鋭い視線を向ける。しかし、彼らはその視線に気づかず、激しい言い合いをしていた。

「せっかく私が紗弓さんをここまで連れてきてあげたっていうのに、なんでうまくやらないわけ？　思い出の場所とか言ってないで、さっさとホテルにでも連れ込めばよかったじゃない」

「うるさいな、俺はムードを大事にするタイプなんだよ！」

ふたりの協力関係はすっかり崩れたようだ。怒鳴り声をあげる昇さんを、ノアさんはうんざりしたように見つめる。

「あ～気持ち悪い。あのブログの文章もなに？　得意だっていうから頼んだけど、ナルシストかつポエムちっくな文章に鳥肌立ったんですけど」

「ノアちゃんに読解力がないだけだろ？」

「その呼び方もやめてくれる？　寒気がするから」

やっぱり、あのブログはノアさんが書いたものではなかったらしい。写真は本物のようだったけれど、文章は昇さんが担当していたのだ。

そういえば、彼はもともとロマンチスト。告白もラブレターだったし、送られてくるメールの文章もやけに詩的だった。だから、ブログの文章も得意げに作成したのかもしれない。簡単に騙された自分が情けない。

「……話をしてくる」

ふたりの言い争いがいったん落ち着いたタイミングで、嵐さんが静かにそう言った。

「私も行きます」

「それなら俺のうしろにいてくれ。青桐が手を出さないとも限らない」

「わかりました」

嵐さんの後について、ふたりのもとへ近づいていく。私たちに気づいたノアさんはぷいと顔を背け、昇さんはチッと舌打ちをした。

「青桐」

そう呼ぶ嵐さんの声はぞくりとするほど冷たかった。

「警察から、一度警告は受けているはずだな？」

「わかってる。俺はもう紗弓から手を引くつもりだったんだ。なのに彼女が……」

昇さんが、責めるような目でノアさんを見つめる。ノアさん本人は目を逸らしたまま、不機嫌そうに腕組みをしている。

「人のせいにするな。どんな形であれ、紗弓に近づいたことは事実。このことは、もちろん警察に報告する」

昇さんはなにも答えない。苛立ちを抑えられないのか、忙しく上下させた足先で、デッキの床を叩いている。

「それと——」

嵐さんが言いかけた直後、昇さんが派手な舌打ちをする。そして、不気味にすわった目で嵐さんを見た。

「いちいち偉そうなんだよ。……もういい。お前の一番大切なもの壊してやる」

昇さんが一歩足を進め、嵐さんの背後にいる私に手を伸ばす。

「嫌……っ」

とっさに肩を掴まれそうになったが、寸前で嵐さんが昇さんの腕をひねり上げた。

「痛って……！　おい離せこら。三流パイロットが！」

激昂した昇さんが嵐さんを睨みつける。じたばたもがいているが、嵐さんの手は離れない。

「好きなだけほえろ。自分本位な考えでこの先も人に迷惑をかけ続けることしかできないのなら、きみは一生俺に敵わない」

ここまで強い物言いをする嵐さんは初めて見た。それほど本気で怒っているのだ。

私へのストーカーの件だけでなく、嵐さんが誇りに思っているパイロットという職業を侮辱し続ける彼に、我慢の限界だったのだろう。

「ふざけんな……っ」

「どうしましたか……⁉」

昇さんがますます目を血走らせたその時、騒ぎに気づいたらしい空港警備員が数人やって来て、嵐さんが事情を説明する。

警告を破って私に接触した昇さんは警察に引き渡されることになり、警備員に両脇を抱えられながら、デッキを去っていった。

昇さんの姿が見えなくなると、嵐さんは体の向きを変え、ずっとそっぽを向いたままのノアさんへ歩み寄った。

「ノア」

さすがに嵐さんのことは無視できないのか、彼女は気まずそうにしながらも振り向く。古い友人のノアさんには嵐さんも多少の情を見せるかと思いきや、厳しい表情は昇さんと対峙している時と変わらない。

「青桐が紗弓に執着しているのを知っていて、ふたりを会わせた。あわよくば、俺と紗弓の関係が壊れてしまえばいいと思った。そういう陰湿な考えだったんだろう？」

「……嵐はなんでもお見通しね」

ノアさんは力ない笑みを浮かべ、ふっと息をつく。言い訳も反論もする気はなさそうだった。

「しかも、さっきの言い分から察するに、きみは紗弓が青桐に乱暴されてもいいと思っていた。むしろ、その方が望ましいくらいに。……俺にはそれが許せない。失望したよ」

嵐さんが〝失望〟と口にした瞬間、ノアさんの瞳が切なげに揺れる。好きな相手から言われたら、かなりつらい言葉だ。もちろん、同情なんてしないけれど。

「紗弓さん」

どうしても彼女を許せない気持ちと戦っていると、不意に彼女の方から声をかけられる。またひどいことを言われるのではないかと身構えるものの、私を見つめる彼女の眼差しはひどく弱々しい。

「嵐と友達でい続けることは、どうか許してくれる？　あなたにしたことは謝るから」

「えっ……？」

この期に及んでなにを言うのだろう。謝罪の言葉も、まるでついでのように軽い。

「家族を失った上、嵐まで失ったら生きていけない。だからつい、あなたに意地悪してしまったのよ。だけどもうしないわ。お願いだから友達でいることだけ……」

切実に訴えるノアさんを見つめながら、私の心は〝嫌だ〟と言っていた。

自分に彼の友人関係を制限できる権利があるとは思っていないけれど、彼女だけは、受け入れられない。私は心が狭いのだろうか。

「それは虫がよすぎるんじゃないか、ノア」

その時、私を背にかばうようにして、嵐さんがそっと前に出た。広い背中がとても頼もしく見えて、ふっとネガティブな気持ちが軽くなる。

昇さんだけでなく、かつて友人だったノアさんからも全力で私を守ってくれる彼の気持ちが、じんわり胸に染み渡っていく。

「きみが紗弓にしたことは〝ついやってしまった〟のひと言では済まない。自分の大切な人を傷つけようとした相手と、どうして友人関係のままでいられると思う？」

「嵐……」

「今のきみは、自分のことしか見えていない。友人でいることはおろか、機長としても、一緒に仕事をしたくない。パイロットの仕事を続けたいのなら、もう一度自分を見つめ直せ」

嵐さんの厳しい言葉を受け、ノアさんの大きな目からぽろっと涙がこぼれる。しかし、すぐに泣き顔を隠すようにして、私たちの横をすり抜けデッキから出ていった。

ヒールの音が遠ざかり、やがて静かになる。

嵐さんがそっと、私の手を握った。冷えた指先が彼の大きな手に包み込まれ、温まっていく。体温を通して彼の気持ちが伝わってくるようだ。

「ありがとう、嵐さん。私を守ってくれて」

「あたり前だ。きみを守るために結婚したんだから」

つないだ手をくいっと引いて、嵐さんが私をそっと抱きしめる。

夜で便数が少ないせいか、展望デッキは風の音以外とても静か。彼の腕に抱かれて遠くの夜景や滑走路の明かりを見ていると、心も穏やかになっていく。

「帰ろうか、紗弓」

「そうですね。帰りましょう、私たちの家に」

彼がふわりと微笑みを浮かべ、つないだ私の手をギュッと強く握る。

ここにはちゃんと夫婦の絆がある。今の私には、ハッキリとそう思えた。

ノアさんは二月いっぱいで、入ったばかりのブルーバードエアラインを退職した。嵐さんとのフライトで与圧トラブルに見舞われた時にパニックになりかけた彼女は、今後乗務を続けられるのかどうか判断するため、医師の診察を受けたそう。

事故でご両親を亡くした件で精神的な問題があるのではと嵐さんは予想していたが、結果は問題なし。その後ノアさんは私の父とも面談した上で、退職まで乗務可能との判断が下された。

面談の内容を父はもちろん口外しないけれど、トラブルの時の彼女はもしかして演技をしていたのかもしれないと、嵐さんはため息をついていた。

彼女の最終フライトに立ち会った機長は、偶然にも私の父。彼女と昇さんが共謀して私にした行為については父も知っていたが、だからといってノアさんに特別つらくあたることもなく通常通り乗務をこなした。

しかしそんな父のことが、ノアさんは不思議だったようだ。

「成沢さん、フライトの後でこう言ったそうよ。『私のこと、憎くないんですか？

香椎さんが娘を溺愛しているのは有名な話だから、今日は絶対私の操縦に難癖つけられるんだと思っていました』って」

実家の食卓で、母が教えてくれる。

今日は、三月三日のひな祭り。私たち夫婦も父も休みだったので、みんなでちらし寿司を食べましょうと母に誘われ、両親と私たち夫婦の四人で同じテーブルを囲んでいた。

「それでお父さん、なんて答えたの？」

「うん？　俺はただ……『紗弓を傷つけるような人間は地獄に落ちればいいと思っているが、娘と仕事は関係ない。今日のきみのオペレーションにはなんの問題もなかった。それだけだ』と言った」

淡々と話した父は、照れ隠しなのか手もとのお猪口に入った熱燗をぐいっと呷る。

……わが父ながら、カッコいい。口には出さないけれど、心の中で拍手する。しかし、隣にいる嵐さんの表情は少し冴えなかった。

「すみませんでした、成沢副操縦士のこと」

嵐さんが、そう言って父に頭を下げる。

ノアさんが退職願を出した時、会社はちょっとパニックになったらしい。貴重な女性副操縦士である彼女は、広告塔としての役割も期待されていたそうだから。

その場を収めてくれたのが父で、『女性だからと特別扱いすることがそもそも間違っている。パイロットは客寄せの道具ではなく、あくまで安全運航を提供する操縦士だ』と言って、周囲を黙らせた。

ノアさんのことで父にまで迷惑をかけてしまったと、嵐さんは少し罪悪感を覚えているのだ。

「彼女が自分で決めたことだ。きみが気に病む必要はない。それより――」

父が、咳払いをする。緊張の面持ちだけれど、どうしたんだろう。

「俺は今年の九月を最後に、乗務から離れようと思っている」

「えっ?」

私と嵐さんは同時に声をあげ、顔を見合わせる。

パイロットの定年は六十五歳だが、父はまだ五十九歳。誕生日を迎えたら還暦だが、定年までは現場でがんばるとばかり思っていた。

「お父さん、定期審査や身体検査は毎年問題ないんだけど、自分の中ではやっぱり加齢による衰えを感じるみたいなの。周りはもう少し乗れるだろうと言ってくれるらしいんだけれど、この通り自分にも厳しい人だから、一度決めたらテコでも動かないのよね」

　母はすでに受け入れているようで、クスクス笑っている。

「乗務を離れる理由はそれだけじゃない」

　父が、少し心外そうに母を見つめた。

「えっ？」

「きみには苦労ばかりかけてきた。家事も、紗弓の育児も任せきりにして……自分は好き勝手に世界中を飛び回って。会社ではある程度偉くなったかもしれないが、夫としては劣等生だったと思う。だから……」

　父は後悔を滲ませて、伏し目がちになる。しかし直後にはカッと目を見開き、唐突に母の両手を握った。

「お互いにこんな年だが、新婚生活をやり直させてほしい。俺にはきみが必要なんだ、真弓《まゆみ》」

「一成《かずなり》さん……もちろん、喜んで」

　私が物心つく頃には、お互いを『お父さん』『お母さん』と呼んでいた両親が、名前を呼んで見つめ合っている。仲がいいのはわかっていたけれど、父がこうまでストレートに愛情表現するのは初めて見た。

普段は父を茶化したりすることが多い母の方も、目の中にハートを宿したようにうっとりしている。娘としては少し照れくさい反面、胸が温かくなった。

「前に紗弓が『父が威厳をなくす日も近いですね』と言っていたが、いざお義母さんを大切にする香椎さんを目のあたりにすると、むしろ逆の感情が湧いたよ」

嵐さんが私の耳もとで、こそっとつぶやく。

「逆……ですか？」

「ああ。香椎さんはやっぱり憧れのグレートキャプテンだ」

父を見つめ、少年のように瞳を輝かせる嵐さん。パイロットとしてのあり方だけでなく、ひとりの男としても父を尊敬してくれているようだ。私にとっても父は昔からカッコいい存在なので、深くうなずいた。

「ですね」

目線の先では、父の眉間のしわを母がちょんと人さし指でつつき、「こんな時でも取れないのね」と笑っている。

ちらし寿司と一緒にテーブルに並んだ蛤《はまぐり》のお吸い物には、今日も父の大好きな絹さやが浮いていた。

それから半年が経過し、暑さも落ち着いてきた九月下旬に私たちは結婚式を挙げた。天国にいる嵐さんのご両親からもよく見えるようにと、開放的なガーデンウエディングを行っている式場を選んだ。雨だった場合もガラスの屋根に覆われたチャペルを借りられる予定だったけれど、当日の空は気持ちよく晴れ渡り、私たちの門出を祝ってくれた。

家族や親しい友人たちを中心に少人数だけを集めた式の後は、ガーデンの敷地内にあるパーティー会場に移動して披露宴。私は純白のウエディングドレスから、ミモザの花をイメージした黄色のドレスへ。嵐さんは黒のタキシードから優しげなブラウンのタキシードにお色直しした。

余興の時間には、ご夫婦で招待した杏里さんの旦那様がギターを片手に歌を披露したり、嵐さんの友人で航空管制官の広瀬さんが、いつかの食事会の時のようにクイズ大会を開催したりして、披露宴を盛り上げてくれた。

「最終問題です。中部国際空港の管制塔の高さは？」

「はいっ」

勢いよく挙手したのは、友人として参加してくれている夏希だ。彼女は順調に広瀬さんとお付き合いを続けていて、今では私よりも空港雑学に詳しい。

「それでは、新婦友人矢坂さん、どうぞ」

「八十六・七五メートル！」

「お見事、正解です。賞品がありますのでこちらへ」

夏希がうれしそうに席を立つ。演出の一環で、クイズに正解したらささやかなお菓子のプチギフトがもらえるということにしていた。

受け取った夏希は、透明な包装の中身を見てニコッと微笑んだ。

「やった。バームクーヘン好きなの」

「それからもうひとつ、これも」

広瀬さんが、小さなプレゼントの箱を夏希に渡す。こちらは中身が見えないようになっているので、夏希が中身を確かめるように、耳もとで箱を振る。

「なんで私だけ二個……？　うれしいけど」

今までの正解者はひとつしか商品を受け取っていないのに、と不思議そうにする彼女に、広瀬さんがボソッと言う。

「最終問題だから特別。でも、開けるのは家に帰ってからな」

「えっ？　気になるから見たいんだけど……」

「ダメ。帰る前に開けたら白い煙が出て老婆になるぞ」

「玉手箱？　……まぁいいや。了解です」

夏希は少し不服そうにしながらも、おとなしく席に戻っていく。高砂にいる私と嵐さんは目を見合わせて、クスッと笑い合った。

「うまく渡せましたね」

「ああ。あとは、矢坂さんからいい返事がもらえることを祈るだけだな」

夏希の受け取った玉手箱の中身は、広瀬さんの想いが詰まったエンゲージリング。

彼は夏希にプロポーズをしたいものの、方法もタイミングもわからないと嵐さんに泣きついてきたのだ。そこで、さりげなく指輪を渡す方法を私も一緒になって三人で考え、こんな方法にしたというわけ。

「大丈夫ですよ。夏希、彼に内緒でエアバンドレシーバーまで買って、時々無線を傍受してるくらいですもん。『琥珀さんの声が聴きたくて休みの日まで空港来ちゃう～』っていうのが、最近の夏希の口癖です」

そんな話をしながらふたりで広瀬さんを見つめていると、こちらに気づいた彼がぐっと親指を立てる。私たちも応えるように親指を立て、彼のプロポーズが無事に叶うことを祈った。

披露宴の後、私たち夫婦は式場近くのラグジュアリーホテルに移動した。今夜はホテルに一泊して、明日からは嵐さんの第二の故郷であるバンクーバーへの新婚旅行だ。

「香椎さん、花嫁の手紙で号泣してたな」

「ですね。お母さんより泣いててびっくりしちゃった」

広いバスルームに、クスクス笑う私たちの声が響く。

宿泊しているのは豪華なスイートルームなので、お風呂もふたりで堪能したくて、恥ずかしいけれど一緒に入ることにした。

「明日のラストフライトでも泣いたりしてな」

「あり得ますね。家族と同じくらい、飛行機のことも愛しているから」

実は、明日私たちが搭乗予定の便を操縦するのは、私の父。大切な娘とその夫が新婚旅行で乗る飛行機を自分で操縦したいと、父が会社に頼み込んだそうだ。

そしてこれが、父のラストフライトとなる。明日に備え、父は披露宴で一滴もお酒を飲まなかった。

「それにしても、紗弓のドレス姿綺麗だったな」

うしろから私を緩く抱きしめていた彼が、ギュッと腕に力を込める。耳に唇が触れ、チュッと音を立ててキスされる。

「んっ……嵐さんだって、タキシードとっても似合っていました」

「ありがとう。パイロットの制服姿とどっちがいい？」

「えっ？　考えるのでちょっと待ってください。どっちも魅力的すぎて……」

真剣に悩んでいると、彼の手がふわりと胸のふくらみを包み込んだ。そのまま感触を楽しむように優しくもまれて、鼻にかかった声が漏れる。

「あっ、もう……せっかく、真面目に考えてる、のに……」

「いいよ、まだ考えていて」

まったりとささやいた彼が、かぷりと私の耳を甘噛みした。それから耳の中に舌を差し込まれて好きなようにいじられ、淫らな水音に聴覚を支配される。

「そんなこと言われたって……無理です……んっ」

胸もとにある彼の手には尖った先端をしつこくこすられて、体が跳ねる。ちゃぷんと波立ったお湯に、甘いため息が溶けていく。

「俺は、ラウンジで仕事をがんばっている時のきみも、花嫁姿のきみも、それから、こうして裸で乱れるきみも……全部、好きだよ」

甘すぎるささやきに、ますます心と体が昂る。嵐さんの太い中指が、お湯でないものが満ちて潤んだ私のそこに割り入ってきた。

「あっ、んっ……」

「……もうこんなにとろけてる。かわいいな、俺の花嫁は」

陶然とつぶやいた彼は、私の唇を塞ぎ、舌を入れる。口の中も脚の間も、同時にかき回されてぐちゃぐちゃ。私は嵐さんの腕の中で、すぐに達してしまった。

「ベッドに行こう。もっとたっぷり愛したい」

呼吸が浅くて返事ができないが、こくんとうなずく。嵐さんはくたりとしたままの私を抱えてバスルームを出ると、寝室へ移動した。

体の準備はとっくにできているのに、私の脚を大きく開かせた彼が、私のそこを口で愛撫し始める。恥ずかしいからやめてと思うものの、一度達した体は敏感すぎて、言うことを聞かない。嵐さんと体を重ねるようになってから、自分の体がどんどん彼に染まっていくのを感じていて、怖いくらいだ。

「ダメ、嵐さん……っ、お願いだから、もう……」

「ああ……そうだな。ここも、すごく欲しそうにしてる」

彼の目には、彼を恋しがって震える私のそこが見えているんだろう。

たまらなく恥ずかしいのに、ドキドキして、昂ぶりが収まらない。

嵐さんに愛される幸せを覚えてしまった体は、もう彼なしではいられない。

熱に浮かされたまま彼を見つめると、彼は瞳に獰猛《どうもう》さを宿らせて中に入ってきた。

全身を貫く快感とともに、〝愛してる〟の気持ちがあふれる。

「嵐さん……好き、好き……っ」

だけど伝えようと思っても、思考がぐずぐずにとろけて、短い言葉しか発せない。

代わりに視線を絡め、もどかしい気持ちをたくさんのキスに込める。どんなに見つめ合い舌を絡め、腰をぶつけ合っても足りないくらい、嵐さんが愛おしい。

「ちゃんと伝わってるよ、きみの気持ち。だから、安心して――」

彼の唇が耳もとに寄せられ、この上なく官能的に「達《い》って」とささやいた。

最愛の旦那様からの甘美ないざないに抗えず、目の前で星が散ったような感覚の後、大きく体を痙攣させて快楽の波にのみ込まれた。

「紗弓」

脱力した体をシーツに横たえ、嵐さんがつぶやく。私は甘い余韻でふわふわとしたまま、そっと彼の方に寝返りを打った。優しい目をした彼と、視線がぶつかる。

「きみのおかげで、家族の温かさを……愛しい人がそばにいる幸せを思い出した。本当にありがとう」

「嵐さん……」

お礼を言いたいのは私の方だ。私はあなたに出会って、こんなにも幸せな気持ちを教えてもらった。

たまらず彼に寄り添い、ギュッと抱きつく。

嵐さんはそれに応えるように甘いキスをくれて、じゃれ合ううちに体を熱くした私たちは再び肌を重ね合い、濃密な夜を過ごした。

エピローグ

『パイロットか。海外留学するのがいいんじゃないか？　英語も学べて一石二鳥だ』

『いいわね。世界を知るのは本当に大事よ。本当にいろんな国や文化があって、日本人とは考え方もまるで違うんだから』

俺の父は商社のバイヤー、母は動物の写真を専門にするカメラマンだった。

仕事で海外に行くことの多いふたりは、俺のことも小さな頃からいろいろな国に連れていってくれた。

記憶にあるのは楽しい思い出ばかりだ。どんな土地に行っても、ふたりが笑っていたから。

世界は広くて色とりどりで、俺は多くの人にその景色を見せてあげるために、パイロットとして空を飛び回る。そんな夢を追いかけ、希望に満ちあふれていた。

『留学生活はどうだ？　今度、母さんと様子を見に行く』

『そろそろホームシックになる頃でしょう。私たちも嵐に会いたいわ』

そして、あの夏――。ビデオ通話の中で肩を寄せ合う両親に、『別に来なくてもいい』と言って苦笑した。それが最後の会話になるとも知らず、両親の過保護ぶりを少し疎ましいとすら思っていたのだ。

もしも時間が戻せるなら『俺も会いたい』と叫びたい。

いや、それより『来てはダメだ』と必死で訴えなくては。

悩んで悩んで、うなされて、汗びっしょりで飛び起きる。

事故の後から長年見ていた同じ夢だった。だけど、紗弓と出会ってからは、次第にその夢を見る頻度が減っていった。父と母を忘れたわけじゃない。当時なにもできなかった自分を受け入れ、ただ許せるようになったのだと思う。

紗弓の優しさが、いつでも俺を包み込んでくれるおかげだ。

――彼女と結婚してもうすぐ一年。その日は、また少し違う夢を見た。

『嵐、家族を守れる強い男になれよ』

『紗弓さんの体、大事にしてあげてね』

久しぶりに夢に現れた両親に、今さらすぎるお節介を言われた。

改めて忠告されなくても、俺は紗弓を大事にしているし、命をかけて全力で守るつもりだ。ふたりがプレゼントしてくれた『嵐』の名に恥じないよう、どんな困難だって乗り越えてみせるから――。

「嵐さん」

薄っすらまぶたを開けると、ベッドの脇に膝をついた紗弓が、俺の顔を覗き込み微笑んでいた。昨日までの国際線フライトを終え少し気だるかった体が、紗弓の笑顔に癒やされていく。

そういえば今日は夫婦の休日が重なっているんだった。デートの約束をしていたのに、寝坊してしまったのだろうか。

「おはよう。……ごめん、俺、寝すぎたか？」

のっそり体を起こして、目をこする。スマホで時間を見ると、午前九時を過ぎたところ。昨日は深夜一時に床に就いたので、たっぷり八時間眠った後だった。

「いえ、そういうわけじゃないんです。お話ししたいことがあって」

ただ俺を起こしに来たわけではないらしい。

見つめた紗弓の横顔はどこか神妙な様子なのが気にかかる。

仕事でなにかあったのだろうか。

「どうした？　遠慮しないで言って」

紗弓の頭に手を伸ばし、そっと自分の方へ引き寄せる。

やわらかい髪をなでながら彼女が話しだすのを待っていると、紗弓がゆったりした動作で自分のおなかに手を置いた。

「嵐さん……私たちのところに、赤ちゃんがきてくれました」

驚きのあまり、彼女の髪をなでていた手がぴたりと止まる。俺たちはお互いにいずれ子どもが欲しいと思っていたが、積極的に妊活しているというよりは、愛し合ううちに自然にできたらいいという考えだった。

「紗弓、妊娠してるのか？」

「はい」

……俺たちの子が、今、紗弓のおなかに？

状況を理解すると、大きな喜びがじわじわと俺を満たしていく。いてもたってもいられず、俺はギュッと紗弓を抱きしめた。

「ありがとう。大切な家族が、また増えるんだな」

「嵐さん……よかったです、喜んでくれて」

紗弓もそっと俺を抱きしめ返す。もしかしたら、彼女は俺が妊娠を喜ぶかどうか心配だったのかもしれない。家族なんていらないと思っていた過去を知っているから。

不安にさせた心苦しさと、優しい彼女への愛おしさとが入り混じる。

「喜ぶに決まってる。最愛のきみとの子だ」

言い聞かせるように強い口調で告げる。それから彼女の頬に手をあてて瞳を覗いた。

「体はつらくないか？」

「大丈夫です。つわりは軽い方みたいで」

「もう病院には行ったのか？」

「昨日の仕事終わりに行ってきたんです。心臓の音も元気で、今、八週目だそうです」

八週目。男の俺にはその数字がピンとこなくて、すかさずスマホを手に検索する。

胎児の大きさは二十ミリ程度。そんなに小さい体なのに、内臓の基本的な形はすでに完成に近いらしい。生命の神秘に感動する。

「……だからか」

俺はふと、スマホから視線をはずしてつぶやいた。

「だからって、なにがですか？」

「さっき、亡くなった両親が夢に出てきて言っていたんだ。父は、家族を守れる強い男になれと。そして母は、紗弓の体を大事にしてと」

紗弓が、驚いて目を見開く。

夢なんて、脳の働きで自分の潜在意識が見せているだけのもの。先ほどの両親の発言も、いろいろな記憶が混ざり、偶然に生まれた映像だったかもしれない。

しかし、それでも——天国にいる両親からのメッセージだと、俺は信じる。

「ご両親はやっぱり、ずっと嵐さんを見守ってくれているんですね」

紗弓が涙ぐんでそう言った。夢の話でもバカにせず、どこまでも俺に寄り添ってくれる彼女の姿に、愛情が深まる。

目を閉じると、『嵐、いい人を見つけたね』と微笑む両親の姿がまぶたの裏に像を結ぶ。今度こそ自分勝手な妄想だとわかっていても、目尻に温かい涙が浮かんだ。

初めて紗弓と出会ったあの日胸にほころんだ花は、恋という名だったに違いない。

色も香りも、隠された蜜の味さえ、今の俺はあますことなく知っている。

その花が実を結び落とした小さな種を、これからふたりで大切に育てよう。

巡る季節の中でどんな花を咲かせてくれるのか、楽しみにしながら——。

F I N

特別書き下ろし番外編

生涯、白馬の王子――side一成

結婚なんて興味はなかった。

もともと恋愛は不得手だし、パイロットになってからというもの、私生活に割いている時間などないというのが正直なところだった。

パイロット仲間には休日ごとに女性と食事会をしたりする軟派なタイプもいたが、俺が参加したところで場の空気が悪くなることは目に見えているので、誘われても常に欠席していた。

生まれつきのしかめっ面で、会話も下手。ブルーバードエアラインに入社する際の面接ではあまりに愛想がなさすぎるので不合格寸前だったそうだが、筆記試験及び実技試験の成績がダントツでよかったから取らざるを得なかったと、後になって人事の社員に告げられた。

採用されることだけが目的なら自分を変える必要はないが、パイロットの仕事を続ける上で、円滑な人間関係を築くのは大切だ。無愛想なパイロットだと思われたままでは、クルーたちとの連携もうまくいかないかもしれない。

このままではいけないと鏡の前で笑顔の練習をしてみたりもしたが、どんなにがんばってもマフィアのボスが悪事を企んだ時の黒い笑みにしか見えず、落ち込むばかりだった。

そんな折、仕事の帰りにたまたま立ち寄った小料理屋で、運命の人との出会いを果たす。もちろん、最愛の妻、真弓である。

＊　＊　＊

その日の客は俺ひとりだった。カウンターで「いらっしゃいませ」と上品に微笑んだ四十代くらいの女将に、こんな愛想の悪い客しか来なくて申し訳ない……と心の内で詫びながら、カウンター席に着く。

カウンター内でなにやら調理中の女将は、いったん手を止めて背後ののれんの向こうを覗いた。

「真弓ちゃん、お客さんにおしぼりとお冷お出ししてー」

「はぁい」

若い女性の声が聞こえた直後、目のぱっちりした愛らしい女性が姿を現す。

おそらく同年代と思われる彼女は、俺と目が合うとニコッと笑って、「いらっしゃいませ」と言ってくれる。見ただけで、ホッとくつろぐような優しい笑顔だ。この頃落ち込んでいた気持ちも不思議と癒やされる。

俺も、あんなふうに笑えればよいのだが……。

卑屈になってため息をついていると、カウンターを出てこちら側に回ってきた彼女が俺の前にお冷のグラスと布のおしぼりを置いた。

ここでの仕事は水仕事が多いからなのか、ところどころ手が荒れていた。とても痛そうなのに、あんなに素敵な笑顔がつくれる彼女にますます尊敬の念を抱く。

のれんの奥へ戻る彼女を俺が目で追っていることに気づいたのか、女将がお通しの小皿をコトンとカウンターに置きながら口を開く。

「真弓ちゃん、かわいいでしょう。でもダメですよ、手を出したら」

「な……っ、俺、いや、僕は、そんなつもり、まったく」

顔の前で手を振って否定しながら、なぜか頬が熱くなった。

なにを照れる必要があるのだ。女将はただ軽口を叩いているだけだというのに。

「あの子、お金持ちの家に生まれたのに、大学生の時にお父さんが事業で失敗してね。持ち家はローンが払えず住めなくなって、大学も中退しなきゃならなくなって、家族はバラバラ。それで、住み込みのアルバイトを募集してたうちに働きに来たの」

「そ、そうなんですか……」

なんと壮絶な人生だろうか。我が家は一般的なサラリーマン家庭ではあったが、社会人になるまでぬくぬくと親の金で生きてきたので、彼女の苦労は計りしれない。

「でも、全然うしろ向きなことは言わないのよ。私から料理を教わってはうれしそうにメモするし、お客さんみんなに明るく接するし、健気すぎてもうなんだか私が泣けてきちゃって」

女将が着物の袖で涙を拭う仕草をする。話に出てきた真弓さんのいろいろな表情を想像したら、俺までなんだか胸の奥が締めつけられる気がした。

「今どき結婚だけが女の幸せじゃないのは百も承知だけど、真弓ちゃんにはちゃんとした男性と出会って、幸せな家庭を築いてほしいって思うのよね。だから、安易にあの子に手を出しちゃダメ」

話し終わった女将は満足したのか、「飲み物は、ビールにします?」とさっぱりした口調で尋ねてくる。

流されるように「じゃあ、それで」と答えつつも、俺の胸には真弓さんから最初に向けられた笑顔が焼きついて離れなかった。彼女は裏でなにをしているのだろう。

もっと話してみたい。いろんな顔が見たい。

そしてどうやったらあんなふうに笑えるのか、俺に教えてはくれないだろうか。

「……安易でなければいいのですか？」

真弓さんのことを考えていたら、口から勝手にそんな言葉が出た。

「えっ？」

店の冷蔵庫から冷えたグラスと瓶ビールを持ってきた女将が、ぴたりと動きを止める。栓抜きを手にしたまま固まる彼女を俺はまっすぐに見つめた。

「真弓さんに、真剣な交際を申し込みたい」

決して同情心から言っているわけではない。自分ではうまく笑えない俺には、彼女の陽だまりのようなあの笑顔が必要な気がした。

いまだかつてないほど、心臓が激しく脈打っている。

これが恋なのだと、二十代半ばにして俺は初めて悟った。

「あなた、失礼だけど職業は――」

「女将さん、絹さやの筋取り終わりました！」

女将の質問の途中で、真弓さんの元気な声が聞こえてくる。ほんの少し険悪なムードを漂わせていた俺と女将を交互に見て、不思議そうに首をかしげる。

「真弓さん」

俺は椅子から立ち上がり、カウンターの向こうにいる彼女を見つめた。

「は、はい」

「ブルーバードエアラインでパイロットをしている香椎一成といいます。僕と、結婚を前提にお付き合いしていただけませんか？　あなたの笑顔にひと目惚れしました」

ひと息に言いきって、頭を下げる。

女将は口を挟まず、黙って会話の行方を見守っている。

「パイロット……」

真弓さんはぽつりとつぶやいたきり、なにも言葉を発しない。

俺が顔を上げると、逃げるようにのれんの向こうへ消えて見えなくなってしまった。

やはり、初対面で交際を申し込むなど無謀だっただろうか……。

そう思ってため息をつきそうになっていると、真弓さんが大きなざるを持って戻ってきた。中身は山盛りの絹さやだ。

その行動の意味を計りかねていると、彼女はためらいがちに女将の方を見た。

「女将さん、私、この人のためにお味噌汁を作ってもいいですか？」

「……ええ。わかった。真弓ちゃんの好きになさい」

女将はまるで彼女の本当の母親であるかのような慈愛に満ちた目で、彼女の要望を受け入れる。真弓さんがカウンターの中で料理をし始めると、女将が俺の隣の椅子を引いて座った。どうやら真弓さんは俺のために味噌汁を作ってくれるらしい。

その行動に、いったいどういう意味があるんだろう。

「……あなた、パイロットだったの」

女将が小声で話しかけてくる。

「はい。まだ新米の副操縦士ですが」

「ふうん。だったら収入の面で彼女に苦労をかけることはないか……でも、家を空けて彼女に寂しい思いをさせることは多いわね」

「それは……否定できませんが」

女将との会話はそこで途切れ、俺たちは真剣な目で味噌汁を作る真弓さんをただ見ていた。しばらくして、味噌のいい香りが漂ってくる。

「できました」

真弓さんが少し緊張気味に宣言し、俺の前に味噌汁の椀を置く。

中身は大根と油揚げ……そして、緑が鮮やかな絹さやだ。彼女がさっき筋を取っていたものだろうか。

「いただきます」

箸を持ち、ひと口汁を飲む。どこか懐かしい味に、ふっと心が和む。

パイロットは健康維持のため食生活も大事だが、俺は自炊が苦手なのでいつもインスタントの味噌汁ばかり。手作り特有の丸い塩味が心地よく、ゆっくり胃を温めてくれる。次に具材を口に入れ、ゆっくりと噛んで味わう。どれもそれぞれおいしかったが、中でも絹さやが気に入った。

「やわらかくて甘くておいしいですね。この絹さや」

思わず真弓さんに向けてそう言った瞬間、隣で女将が驚いたように目を丸くする。

「……驚いた。あなた、そんなふうに笑えるのね」

「えっ？」

「これは、合格をあげざるを得ないか。私と真弓ちゃんの約束なのよ。いつか真弓ちゃんにとって特別な男性が現れた時、彼女が一番得意なお味噌汁を作って、おいしいって言ってもらえたら認めるって」

……そういうことだったのか。いきなり味噌汁を作りだした彼女の行動には驚いたが、ふたりの間では暗黙の了解だったらしい。

「真弓ちゃん、この人についていって後悔しない？」

女将は念を押すように真弓さんに問いかける。思わず彼女の方を見たら、彼女は極上の笑みを浮かべて深くうなずいた。

「はい。こんなにおいしそうに私の料理を食べてくれた人なら、きっと大丈夫です。それに、パイロットって……なんだか白馬の王子様みたいで、カッコいいです。私をいろんなところに連れ出してくれそうで」

白馬の王子……！　なんとも気恥ずかしい表現だが、どうやら真弓さんは俺を認めてくれたようだ。思わずバンザイしたくなる気持ちをなんとかこらえ、残りの味噌汁をかき込む。

「本当においしいです。ありがとう、真弓さん」

「こちらこそ。これからよろしくお願いします、一成さん」

＊　＊　＊

そんな経緯で俺たちは交際を始め、結婚し、ひとり娘の紗弓をもうけた。

俺にとっては幸せな結婚生活だったが、会社での立場が上がるにつれ、真弓や紗弓のために時間を割くことが難しくなってきた。

紗弓の夜泣きを聞きながら出勤しなければならない時など、どんなに胸が痛かっただろう。それでも真弓は文句ひとつ言わず、いつでも俺を支えてくれた。俺が疲れた顔をしているのにいち早く気づいて体を気遣い、味噌汁に絹さやを浮かべてくれた。

彼女をいろいろな場所に連れ出すという約束も、新婚当初に何度か国内外を旅行したくらいでそれ以降はさっぱり果たせず……。このままではいけない、俺は真弓への恩返しをしたいのだと強く感じ始めた時には、すでに還暦が近かった。

「遅すぎる埋め合わせになって、申し訳ない」

「なにを言うんです。私はずっと幸せでしたよ、一成さん」

温泉宿のバルコニーで、夜の相模湾を眺めながら真弓と語らう。

紗弓と露木くんを新婚旅行先のバンクーバーへと送り届けたラストフライトの後、俺は真弓を旅行に誘った。どこへでも連れていくから、いっそ海外はどうかとも提案してみたが、真弓はゆっくり首を振って、『近くでいいですから、一成さんとゆっくり過ごしたいです』と、俺が大好きなあの笑みを浮かべて言ってくれた。

かくして、東京からもアクセスのよい熱海《あたみ》へやって来たというわけだ。

「手を握ってもいいか？」

はにかんでうなずく真弓は、年を重ねたものの愛らしさはあの頃のまま。湯上がりの浴衣姿であるのも相まって、年がいもなく胸がときめいた。

彼女が隣にいてくれると、自分の顔まで穏やかになるのがわかる。今まで伝えきれなかった愛と感謝を、これからは惜しみなく彼女に注いでいこうと、改めて胸に刻む。

「一成さんは、やっぱり白馬の王子様でした。あの頃どん底にいた私を助け出してくれた。紗弓にも出会わせてくれた。それから、好きな人にお料理を振る舞う幸せを教えてくれた」

「真弓……」

「絶対に、死ぬまで一緒ですからね」

「そんなのまだまだ。孫の顔を見てからじゃないと」

「ふふっ、そうですね」

たしかに紗弓や露木くんに比べたら、俺たちに残された時間は少ない。

だからって、そんなに早くくたばるつもりもない。俺はまだまだ、真弓を愛し続けたいのだから。

そんな思いを込めて、真弓の体を引き寄せて胸に抱いた。生涯、きみの白馬の王子でいられますように。切にそう願いながら。

私の一番はあなた

　夏に生まれた私たちの子どもは、かわいい男の子。すくすく元気に育ってほしいという願いを込め、太陽《たいよう》と名づけた。太陽のお世話は基本的に育休中の私が担っているけれど、嵐さんも家にいる時はとても張りきって関わろうとしてくれる。

「おいで太陽。パパの抱っこで寝よう」

　その日休みだった嵐さんは、私が夜の授乳を済ませたのを見計らい、私の手から太陽を抱き上げた。首が座り、笑顔も見せてくれるようになった三カ月の太陽。着ている雲柄のロンパースは、いっちょ前にブランド品。嵐さんが海外フライトのお土産に買ってきてくれたものだ。

　嵐さんはトントンと軽く太陽の背中を叩き、上手にげっぷを出させてあげる。それから横抱きに変えると、とても優しい目をして太陽を見つめながら、ゆらゆらと体を揺らした。

　彼と太陽が触れ合っているところを見ると、いつも胸が幸せな気持ちでいっぱいになる。

「見て、紗弓。もう寝る」

太陽を起こさないよう、嵐さんが小声で教えてくれる。私もそうっと彼の隣に立ち、安心しきったように目を閉じる太陽の顔を覗き込んだ。

「ホントだ。パパの抱っこにもだいぶ慣れましたね」

「でも、ベッドに置くとどうかな……」

「背中のスイッチが発動しないことを祈りましょう」

太陽が深く眠ったところで、嵐さんがそっとベビーベッドに太陽を下ろす。その時、太陽の眉の辺りがぴくっと動いてどきりとしたけれど、なんとか泣かずに済んだ。

かけ布団をかけてやった後、嵐さんと一緒にしばらくかわいい寝顔を堪能する。

「紗弓は、どんな子に育ってほしい？」

太陽を見つめたままの嵐さんが、不意に聞いてくる。

「うーん……思いやりのある子ですかね」

「俺も同じだ。人の気持ちが想像できる優しい子になってほしい。きみのような」

太陽に注がれていた視線が私に移動し、甘さを宿した瞳にジッと見つめられる。

子どもが生まれたら、こうしてドキドキする機会は少し減ってしまうのだろうなとなんとなく想像していたのに、嵐さんはいつでも愛情表現を惜しまない。

だから私も、太陽の母親でありながら、嵐さんにも全力で恋をしていられる。

「それを言うなら、私より嵐さんの方が優しいです」

「俺の場合は、紗弓と太陽に対してだけだ。でも紗弓は、初対面の俺にも優しかった。今でもそういうところを尊敬しているし、愛しいと思う」

「嵐さん……」

嵐さんにそっと肩を抱かれ、ベビーベッドのそばで寄り添う。自然と見つめ合い微笑みを交わした私たちは、そのままどちらからともなく唇を重ねた。

「きみがいて、太陽がいて……本当に幸せだよ」

「家族なんですから。これからもずっと一緒です」

ご両親を失った経験のある彼を安心させたくて、言い聞かせるように告げる。

嵐さんはとてもうれしそうに目を細めてうなずき、私をギュッと抱きしめた。

太陽は大きな病気やけがをすることもなくすくすく育ち、あっという間に小学校一年生になった。私と嵐さんが望んだ通り、優しい男の子に成長した太陽。

きっと友達もたくさんできるだろうと、それほど学校生活について心配はせずに春の入学を心から喜んでいたのだけれど。

「僕……もう学校行きたくない」

入学から半月ほど経った、ある日曜の夜。先に自分の部屋で休んでいたはずの太陽が、沈んだ顔でリビングダイニングにやって来た。

キッチンで洗い物をしていた私と、ソファで洗濯物を畳んでいた嵐さんはお互い手を止め、太陽のもとに歩み寄る。

「友達とケンカでもしたのか？」

太陽の目線にしゃがんだ嵐さんが、そう尋ねてみる。太陽は泣くのをこらえているように口をへの字にしながら、こくんとうなずいた。

「誰とケンカしたの？」

「……美空《みそら》ちゃん」

私の問いに、ぽつりと答える太陽。まだ入学して半年なので、いきなり下の名前だけ言われても顔と名前が一致しない。

「名字もわかる？」

「深澄《みすみ》美空ちゃん。同じクラス」

深澄……もしかして、小学校で役員を一緒にやることになった深澄さんだろうか。

相変わらず美空ちゃんの顔は浮かばないものの、入学式後の保護者会で一緒になったお母様の顔を思い出していた。

＊＊＊

教室内でどこに座るかは自由だったので、私と深澄さんは偶然隣の席だった。小柄で若々しいお母さんだな、というのが第一印象だ。

担任の先生から毎日の持ち物や年間行事の説明を受けた後、皆が憂鬱な役員決めの時間になった。共働き世帯が増えている昨今、学校側としてもだいぶ保護者の負担を減らしてくれているそうだが、どの係も年に何回かは会議などがあるようだ。

「困りました。私、仕事の時間が不規則で、集まりに参加できる保証がなくて」

手もとのプリントを見ながら、深澄さんがため息をつく。

「不規則……看護師さんとかですか？」

私が尋ねると、深澄さんは微笑んで首を横に振った。

「いえ、航空整備士なんです。子どもが小さいうちは一応勤務時間を考慮してもらっているんですけど、小学校の役員のことまで気が回ってませんでした。上司に相談しなくちゃ」

「整備士さんだったんですか！　実は私も夫も空港関係者なんです。奇遇ですね」

「ホントに？　露木さん、どちらで働いているんですか？」

「羽田の第三ターミナルにあるラウンジです」

「わぁ、ラウンジ勤務！　だからお綺麗なんですね。メイクの仕方とか今度教えてください」

そう言ってはしゃぐ深澄さんはとってもかわいらしくて癒やされる。彼女が巨大な旅客機を整備しているだなんて、今の姿からは想像もつかない。

「はい、ぜひ。ちなみに夫はパイロットで――」

「ええっ⁉　奇遇すぎます！　うちの夫もパイロットです。航空会社は？」

「ブルーバードです」

「じゃあライバルだ。うちはスカイイーストなので」

ブルーバードとスカイイーストは、日本の二大航空会社。売上高、路線数、利用者数、満足度など、さまざまな部門で常に一位と二位を争っている。とはいえ深澄さんの言い方には少しも嫌みがなくて、単にこの偶然を楽しんでいる感じだ。

スカイイーストのパイロットということは、深澄さんの旦那様もかなりのエリートなんだろうな。

「ちなみに母はブルーバードのCAなんです。もしかしたら旦那さんは知ってるかも」

勝手に深澄さんの夫についていろいろ想像を巡らせていると、彼女がさらにそんな驚きの事実を明かした。

「そうなんですか！　帰ったら聞いてみます。お母様のお名前伺ってもいいですか？」

私もそうだけれど、空港関係者は家族も同業者だというパターンは意外と多いみたいだ。

「もちろんです。涼野杏里っていいます」

「えぇっ⁉　杏里さんがお母さんなんですか……⁉」

信じられない偶然の連続に、私は目を白黒させた。でもたしかに、目の前の深澄さんはメイクが薄いのに華やかな顔立ちをしている。杏里さんのDNAがルーツだと考えれば納得だ。

「あれ？　もしかしてすでに知り合いですか？」

「ええ。私の父もブルーバードの元パイロットなので、杏里さんとは親交があって」

「そうだったんですか。母がお世話になっています」

「いえいえ、こちらこそ……！」

雑談が思いのほか盛り上がってしまい、気がつけば黒板に残された役員の係はあと少しになっていた。

「露木さん、もしよかったら同じ係をやりませんか？」

すっかり気を許してくれたような笑顔で、深澄さんが言った。

「私も同じことを言おうと思っていました。ぜひお願いします」

そうして私たちは同じ〝美化委員〟に立候補し、年に数回ある学校の奉仕作業や地域のごみ拾いなどに参加することになった。連絡先も交換し、『次に顔を合わせるのは五月末の清掃活動ですね』なんて言いながら、晴れやかに別れた。

＊　＊　＊

「ケンカの原因はなんだったの？」

あまり責めるような口調にならないよう注意しながら、太陽に聞く。太陽は涙をためた目でジッと嵐さんを見つめて、「パパ」とつぶやいた。

「……俺が原因？」

私と嵐さんは目を見合わせて困惑する。

「もう少し詳しく話せる？」

「美空ちゃんが、自分のパパが一番すごいパイロットだって言うから……違うよ、僕のパパが一番って、言ったの」

太陽がもじもじと、着ているパジャマの裾をいじりながら話す。なんとなく話が見えてきて、肩の力が抜ける。あまり深刻なケンカではなさそうだ。

「そしたら、美空ちゃんはなんて？」

「『嘘。どーせコーパイでしょ』って」

「……さすが杏里さんの孫だな」

嵐さんが、感心しながら苦笑する。

美空ちゃんのパパがスカイイーストのパイロットで祖母が杏里さんであることは、あの保護者会の日に興奮したまま話したから彼も知っている。

「僕、コーパイって言葉知らなかったから、『わかんない』って言ったんだ。そしたら『それでもパイロットの息子なの？』って言われて……僕、悔しくて……だから、学校行きたくないんだよ」

太陽の目からぼろぼろと大粒の涙がこぼれる。大人からすれば、ささいなケンカ。だけど太陽にとっては大きなショックだったんだろう。

嵐さんは床に膝をつき、小さな肩を震わせる太陽をギュッと抱きしめた。

「太陽、パイロットって仕事はさ、一番を競うものじゃないんだ」

そっと頭をなで、言い聞かせる。太陽は洟《はな》をすすりながらも、潤んだ目でパパをジッと見つめている。

「会社の中で一番偉くなるより、目的地に一番早く着くより、ゆっくりでも、引き返してでも、安全なフライトをお客さんに提供する方が大事な仕事なんだ。美空ちゃんのパパも、きっとそれはわかっているはずだよ」

「……そう、なの？」

嵐さんはわかりやすく説明してくれたはずだが、半信半疑な様子で首をひねる太陽。

嵐さんは太陽の濡れた頬を優しく手で拭った。

「パパはキャプテンで、コーパイ……副操縦士よりも立場は上のパイロットだけど、コーパイの意見を聞いて、フライトの方針を変えることもある。ふたりが協力して初めて、安全に飛行機が飛ばせるんだよ」

太陽に自分の仕事について話して聞かせる嵐さんの姿を、温かい気持ちで見つめる。

パイロットの仕事に誇りを持っている彼だからこそ、機長として経験を重ねた今でも奢ることなく、真摯に一つひとつのフライトをこなすことができるのだろう。

……私の夫は本当に素敵な人だ。

改めて彼の魅力を噛みしめていると、部屋着のポケットの中でスマホが震える。なにげなく画面を確認すると、【着信　深澄光里《ひかり》】と表示されている。

「深澄さんだ。もしかして、美空ちゃんのことかも」

「向こうでも似たような話をしていたのかもな」

「とりあえず、出ますね。……もしもし？」

スマホを耳にあてて応答する。

『露木さん、ごめんなさい！　美空が太陽くんにひどいこと言ったみたいで……！』

こちらがなにか言う前に、深澄さんの精いっぱいの謝罪が耳に届いた。

やっぱり、深澄さんのご家庭でも同じ話をしていたみたいだ。

「わざわざお電話ありがとうございます。美空ちゃんとケンカしたって、今ちょうど太陽に聞いたところでした。お互い様なので、そんなに謝らないでください」

『いえ、今回のことは美空が悪いです。……それと、うちの夫も』

「……旦那様？」

苦々しい声で深澄さんが付け足したひと言に、首をかしげる。

子どもたちのケンカに、どうして旦那様が関係しているんだろう？

『うちの夫、娘にカッコいいって言われたい一心で、美空が小さな頃から『パパはパイロットの中で一番なんだぞ』って偉そうに言い聞かせてたんです。だから、美空の中にそれが刷り込まれちゃってたようで』

深澄さんは深刻なトーンで話しているが、想像するとなんだか微笑ましい。パパとしては、家族の中だけの小さな嘘なら、と軽い気持ちだったんだろう。だけど、大好きなパパからそう言われたら、美空ちゃんだって信じてしまうよね。

「それで、太陽に一番を否定されて怒っちゃったんですね」

『そうみたいです……。美空にはパイロットの仕事についてちゃんと説明し直して、夫には私から雷を落としておきましたが、本当にすみません。もしよかったら、美空から太陽くんに謝らせてもいいですか？』

「わかりました、ちょっと待ってください」

いったんスマホから耳を離し、不安げにこちらを見る太陽と目を合わせる。

「美空ちゃんが謝りたいって。どうする？」

太陽は少しの間口をもごもごさせて悩んでいたが、すぐに顔を上げた。

「僕も謝る」

「うん、わかった。……深澄さん、今、太陽に代わりますね」

太陽にスマホを手渡し、嵐さんとともに状況を見守る。

太陽の表情は少し緊張気味だ。

「……うん。僕だよ、うん」

美空ちゃんの声は聞こえないけれど、普通に会話ができているようだ。

「ううん、僕もごめん。パイロットに一番はいないって、パパに教えてもらった」

サラッと謝ることができた太陽に、心の中で拍手する。お互いにパパが自慢だったせいで起きたかわいいケンカだったから、後を引くこともないだろう。

「うん。明日学校で。ばいばい」

最後の挨拶を交わしたらしい太陽から、再びスマホを受け取る。

耳にあててみるとすでに通話は切れていた。個人的にはもう少し深澄さんと話したかったので、明日にでもメッセージを送ってみよう。

美空ちゃんにかわいい嘘をついていた旦那さんの話とか、いろいろ。

「美空ちゃんと仲直りできたか？」

嵐さんが太陽の肩に手を置いて尋ねる。

太陽は勢いよく「うん！」とうなずいた。表情がさっきよりずいぶん明るい。

「よかったね、太陽」

「僕、ホッとしたら眠くなってきた……」

さっきまでは美空ちゃんとのケンカが気がかりで眠ろうにも眠れなかったのだろう。目をこすってあくびをする太陽がかわいくて、クスッと笑う。

「それじゃ、早く寝なさい。明日学校なんだから」

「うん……。おやすみ、パパ、ママ」

「おやすみ」

「おやすみなさい」

部屋を出ていく太陽を見送り、私も嵐さんもひと安心。残っていた家事を片づけると、私たちも明日の仕事に備えて休むことにする。

嵐さんは朝イチから国内線のフライトで、私は遅番。朝と夜、必ずどちらかが太陽のフォローができるように、職場にはできる限りシフトの調整をしてもらっている。

まだ太陽が小さい頃は家族三人、嵐さんがいない時は私と太陽のふたりで寝ていたが、去年、保育園でお泊まり保育を経験してから急にお兄さん度がアップして、自分の部屋で寝てみたいと言いだした。

親としてはちょっぴり寂しかったものの、自立心が芽生えるのは成長の証だと喜ぶことにして、添い寝を卒業。その代わり、夫婦でゆっくり話をする時間が増えた。

「太陽にはああ言ったけど、友達に『パパが一番のパイロットだ』って言ってくれたのは正直うれしかったな」

ふたりで一緒にベッドに入ったところで、嵐さんがつぶやく。横向きで向かい合い、寝る時の彼がいつもそうするように、私の髪を優しくなでてくれる。

「嵐さんはいつも一番ですよ。私の中では」

そう言って、布団の中で彼の手を握る。嵐さんも指を絡め、握り返してくれる。

「ありがとう。意地でもその座は死守しないとな」

「そんなことしなくたって大丈夫です。永遠に順位変動はありません」

「……あまりかわいすぎること言うなよ」

「本心です。さっき、太陽にパイロットの仕事について教えている時、私はやっぱり嵐さんが大好きだなって、再確認したので」

照れつつもそう言って、彼の胸に顔をくっつける。嵐さんの大きな手が優しく背中をさすり、耳もとに彼の唇が近づいた。

「そんなこと言われたら、寝かせられないぞ」

低い声に鼓膜をくすぐられ、ドキンと胸が跳ねた。じわじわと体が熱くなってくる。

「私は遅番ですから大丈夫です。でも、嵐さんは朝早いんですから……」

「どちらにしろ俺だってこのままじゃ眠れない。抱いていいか？」

「……はい」

彼を見つめながらうなずいた直後、荒々しいキスに唇を塞がれる。

背中にあった手がするっと部屋着の中に入って、私の素肌をなで回した。

「ん、ん……っ」

角度を変えて唇を重ねながら、着ているものを剥がされていく。下着をつけていない胸のふくらみを、大きな手のひらで包み込まれ、こねられる。

太陽を産んだし、若い頃とは少し、形や感触が変わってしまっていると思う。それでも嵐さんはいつも『綺麗だよ』と言って、たくさん愛でてくれる。

素直に反応した先端は赤く熟れ、彼の指先がかすめるだけで体が震える。思わずもじもじと擦り合わせた太ももの間で、私の中心が疼く。

嵐さんが好き、嵐さんが欲しいって、言ってる。

「感じやすいな、紗弓は。少し触っただけでこんな……」

指をうずめてそこを確認した彼が、微かに上擦った声でつぶやく。嵐さんも興奮してくれている。そう思うだけで体が昂って、いたずらな指に中を刺激されるたび、蜜があふれる。

「嵐さん、もう、きて……」

素直にそうねだると、彼が避妊具の入った棚に手を伸ばそうとする。太陽が生まれ、家事も育児もワンオペになることが多い生活ではふたり目をつくることに少しためらいがあったため、私たちは産後の夫婦生活から欠かさず避妊をしていた。

でも、今夜は……。

「いらない……」

「えっ？」

「太陽も小学生になって、少し心にゆとりができたからか、最近思うんです。愛するあなたとの子が、もうひとり欲しいって」

「紗弓……」

私は体を起こし、座ったまま彼に抱きついてキスをする。嵐さんもそれに応えるように、私の髪をかき回しながら深く舌を絡めてくる。しばらく口づけに酔いしれた後、嵐さんが真剣な眼差しで私を射貫く。

「俺も同じ気持ちだ。きみと愛し合った証が大切な家族となって増える。その喜びをもう一度感じたい」

「よかったです、嵐さんにそう言ってもらえて」

「紗弓が教えてくれたからだよ。愛がこんなに尊いものだってこと」

「嵐さん……」

燃えるような視線を絡ませ、また引き合うように唇を合わせる。少し腰を上げてからまたゆっくり落として、座って密着したまま彼を受け入れた。体の深いところまで、嵐さんでいっぱいになる。

「あぁ、ん……っ」

「愛してる、紗弓。俺のすべてを捧げるから、ちゃんと受け止めて――」

重なり合った体を激しく揺らし、彼の熱に何度も貫かれる。こらえきれない甘い声と吐息が、ベッドの軋む音に交じって部屋中に響く。

家族をつくることに消極的だった彼は、もうどこにもいない。そのことに胸を熱くしながら、寄せては返す波のような甘い刺激に、私は深く深く酔いしれた。

FIN

あとがき

この本をお手に取ってくださりありがとうございます。宝月なごみです。

今作の執筆に入る前、実際に羽田空港へ足を運んで、第一、第二、第三ターミナルを巡ってきました。出発ロビーの関係者出入口のそばに立ち、まるで待ち合わせ相手でも探しているかのように周囲を見回しながらイケメンパイロットが通りすぎるのを今か今かと待っておりましたが、下心丸出しの私には会わせるものかと神様も思ったのでしょうね。帰るまでの間、結局ひとりもパイロットには出会えませんでした。

でも、空港を見て回るのはとても楽しく、とくに第三ターミナルが印象に残ったので今回の作品の舞台に選びました。

時間が許せばもう一度訪れて、道重堂が入っている（設定の）マーケットプレイス、紗弓と夏希がランチしているファストフード店のモデルにしたお店、青桐昇がラブレターを渡した思い出の（？）展望デッキなど、作品に思いを馳せつつ観光してみたいなと思います。

さて、今作の番外編はサイトの感想ノートで大人気でした鬼の査察操縦士が最初の主役です。寡黙な人ほど心の声を書くのが楽しいので、危うく主役ふたりの話より長くなりそうでした。紗弓母はちょっとドアマット気味でしたが、眉間にしわを寄せた白馬の王子に出会えて幸せなことでしょう。

番外編二本目は、ライバル企業スカイイーストのおしどり夫婦が登場。紗弓&嵐に比べるとケンカなども多いふたりですが、相変わらず仲睦まじそうでなによりです。

今作は本編と番外編を通して、今までで一番既刊から応援に駆けつけてくれたキャラが多い作品にもなりました。ラウンジを訪れる外交官、ブルーバードの先輩パイロット、紗弓たちの結婚式でなぜかギターを演奏したらしい涼野模型店店主……。

こうして愛しいキャラどんどん増えていくのも、いつも作品を読んでくださる皆様、そして書籍化作業にご尽力してくださる関係者の皆様のおかげです。この場を借りて御礼申し上げます。また、カバーイラストをご担当くださったつきのおまめ先生、紗弓と嵐のイメージにぴったりの優しいイラストを本当にありがとうございました。

今年は胸の痛む出来事も多くありますが、この本を開いている間は、皆様がどうか目いっぱいの幸せに浸れますように。

宝月《ほうづき》なごみ

宝月なごみ先生への
ファンレターのあて先

〒104-0031
東京都中央区京橋1-3-1
八重洲口大栄ビル7F
スターツ出版株式会社　書籍編集部　気付

宝月なごみ先生

本書へのご意見をお聞かせください

お買い上げいただき、ありがとうございます。
今後の編集の参考にさせていただきますので、
アンケートにお答えいただければ幸いです。

下記URLまたは二次元コードから
アンケートページへお入りください。
https://www.berrys-cafe.jp/static/etc/bb

天才パイロットは
契約妻を溺愛包囲して甘く満たす

2024年3月10日　初版第1刷発行

著　者　宝月なごみ
©Nagomi Hozuki 2024

発行人　菊地修一

デザイン　hive & co.,ltd.

校　正　株式会社文字工房燦光

発行所　スターツ出版株式会社
〒104-0031
東京都中央区京橋1-3-1　八重洲口大栄ビル7F
TEL　03-6202-0386（出版マーケティンググループ）
TEL　050-5538-5679（書店様向けご注文専用ダイヤル）
URL　https://starts-pub.jp/

印刷所　大日本印刷株式会社

Printed in Japan

乱丁・落丁などの不良品はお取替えいたします。
上記出版マーケティンググループまでお問い合わせください。
定価はカバーに記載されています。

ISBN 978-4-8137-1554-2　C0193

ベリーズ文庫 2024年3月発売

『一途な救命救急医の溢れる恋情で娶られて―この最愛からは逃げられない【ドクターヘリシリーズ】』 佐倉伊織《さくらいおり》・著

密かに想い続けていた幼なじみの海里と偶然再会した京香。フライトドクターになっていた海里は、ストーカーに悩む京香に偽装結婚を提案し、なかば強引に囲い込む。訳あって距離を置いていたのに、彼の甘い言葉と触れ合いに陥落寸前! 「お前は一生俺のものだ」――止めどない溺愛で心も体も溶かされて…。

ISBN 978-4-8137-1552-8／定価748円（本体680円＋税10%）

『クールな海上自衛官は想い続けた政略妻へ激愛を放つ』 にしのムラサキ・著

継母や妹に虐げられ生きてきた海雪は、ある日見合いが決まったと告げられる。相手であるエリート海上自衛官・柊梧は海雪の存在を認めてくれ、政略妻だとしても彼を支えていこうと決意。生涯愛されるわけないと思っていたのに、「君だけが俺の唯一だ」と柊梧の秘めた激愛がとうとう限界突破して…!?

ISBN 978-4-8137-1553-5／定価748円（本体680円＋税10%）

『天才パイロットは契約妻を溺愛包囲して甘く満たす』 宝月《ほうづき》なごみ・著

空港で働く紗弓は、ストーカー化した元恋人に襲われかけたところを若き天才パイロット・嵐に助けられる。身の危険を感じる紗弓に嵐が提案したのは、まさかの契約結婚で…!? 「守りたいんだ、きみのこと」――結婚生活は予想外に甘くて翻弄されっぱなし! 独占欲を露わにした彼に容赦なく溺愛されて…。

ISBN 978-4-8137-1554-2／定価748円（本体680円＋税10%）

『気高き敏腕CEOは薄幸秘書を滾る熱情で愛妻にする』 吉澤紗矢《よしざわさや》・著

OLの咲良はバーでCEOの颯斗と出会い一夜をともに。思い出にしようと思っていたらある日颯斗と再会! ある理由から職探しをしていた咲良は、彼から秘書兼契約妻にならないかと提案されて!? 愛なき結婚のはずが、独占欲を露わにしてくる颯斗。彼からの甘美な溺愛に、咲良は身も心も絆されて…。

ISBN 978-4-8137-1555-9／定価737円（本体670円＋税10%）

『クールな脳外科医と溺愛まみれの契約婚～3年越しの一途な愛で陥落させられました～』 和泉《いずみ》あや・著

経営不振だった勤め先から突然解雇された菜子。友人の紹介で高級マンションのコンシェルジュとして働くことに。すると、マンションの住人である脳外科医・真城から1年間の契約結婚を依頼されて…!? じつは以前、別の場所で出会っていたふたり。甘い新婚生活で、彼の一途な深い愛を思い知らされて…。

ISBN 978-4-8137-1556-6／定価748円（本体680円＋税10%）

ベリーズ文庫 2024年4月発売予定

Now Printing

『タイトル未定(パイロット×再会愛)【ドクターヘリシリーズ】』 佐倉伊織《さくらいおり》・著

ドクターヘリの運行管理士として働く真白。そこへ、2年前に真白から別れを告げた元恋人・篤人がパイロットとして着任。彼の幸せのために身を引いたのに、真白が独り身と知った篤人は甘く強引に距離を縮めてくる。「全部忘れて、俺だけ見てろ」空白の時間を取り戻すような溺愛猛攻に彼への想いを隠し切れず…。

ISBN 978-4-8137-1565-8／予価660円（本体600円＋税10%）

Now Printing

『エリート脳外科医が心酔する、三十日間の愛され妻』 葉月《はづき》りゅう・著

OLの天乃は長年エリート外科医・夏生に片思い中。ある日余命1年半の病が発覚した天乃は残された時間は夏生のそばにいたいと、結婚攻撃に困っていた彼の偽装婚約者となる。それなのに溺愛たっぷりな夏生。そんな時病気のことがばれてしまい…。「君の未来は俺が作ってやる」夏生の純愛が奇跡を起こす…！

ISBN 978-4-8137-1566-5／予価748円（本体680円＋税10%）

Now Printing

『初恋婚』 高田《たかだ》ちさき・著

社長令嬢だった柚花は、父親亡き後叔父の策略にはまり、貧しい暮らしをしていた。ある日叔父から強制された見合いに行くと、現れたのはかつての恋人・公士。しかも、彼は大会社の御曹司になっていて!?　身を引いたはずが、一途な愛に絆されて…。「俺が欲しいのは君だけだ」――溺愛溢れる立場逆転ラブ！

ISBN 978-4-8137-1567-2／予価748円（本体680円＋税10%）

Now Printing

『タイトル未定(御曹司×政略結婚)』 紅《くれない》カオル・著

父と愛人の間の子である明花は、継母と異母姉に冷遇されて育った。ある時、父の工務店を立て直すため政略結婚することに。相手は冷酷と噂される大企業の御曹司・貴俊。緊張していたが、新婚生活での彼は予想に反して甘く優しい。異母姉はふたりを引き裂こうと画策するが、貴俊は一途な愛で明花を守り抜き…。

ISBN 978-4-8137-1568-9／予価660円（本体600円＋税10%）

Now Printing

『堅物副社長は甘え下手な秘書を逃がさない』 蓮美《はすみ》ちま・著

副社長秘書の凛は1週間前に振られたばかり。しかも元恋人は後輩と授かり婚をするという。浮気と結婚を同時に知り呆然とする凛。すると副社長の亮介はなぜか突然契約結婚の提案をしてきて…!?　「絶対に逃がしたくない」――亮介の甘い溺愛に翻弄される凛。恋情秘めた彼の独占欲に抗うことはできなくて…。

ISBN 978-4-8137-1569-6／予価748円（本体680円＋税10%）

タイトル、価格等は変更になることがございますのでご了承ください。